Darrell T. Hare

R A M A R

RAMAR
Der Hase
mit den Regenbogenflügeln

Ein Märchen
für Erwachsene
von

DARRELL T. HARE

Deutsch von
Uta Kosin

Mit Illustrationen von
Tom O'Sullivan

GUSTAV LÜBBE VERLAG

Titel der Originalausgabe:
Ramar: The Rabbit with Rainbow Wings
Originalverlag: St. Martin's Press, New York

Aus dem Amerikanischen von Uta Kosin

Gesamtgestaltung: Axel Bertram, Berlin
Titelbild und Illustrationen: © 1996 by Tom O'Sullivan
Satz: Kremerdruck GmbH, Lindlar
Gesetzt aus der Stempel Schneidler Oldstyle
Druck und Einband: Friedrich Pustet, Regensburg

ISBN 3-7857-0837-8
Printed in Germany

3 2 1

R A M A R
ist die Geschichte einer seltenen und dauernden Freundschaft, und darum ist dieses Buch meinen guten und vielbegabten Freunden Wendell Larson, Eleanor Friede, Steve Lake und Robert Englert gewidmet.

R A M A R
ist auch eine Geschichte von Liebe und Beistand, und darum ist dieses Buch für alle geschrieben, die einander lieben und helfen, doch besonders für meine Familie – Marilyn, Randy, Cynthia, Brittany, Tim und Amy.

R A M A R
ist schließlich eine Geschichte über das Lernen durch Liebe, und darum ist dieses Buch für all diejenigen gedacht, von denen ich am meisten gelernt habe – meinen Zwillingsbruder Dale, meinen großen Bruder John und vor allem für meine Mutter, Ermal Hare Arnold, die mich, ohne es zu wissen, lehrte, an solche Dinge wie Mut und Hilfsbereitschaft und Hasen mit Flügeln zu glauben.

RAMAR

schauerte leicht,
als er die Wärme
der Zwischenwelt verließ.

Er schwebte, er schnellte
und schwebte erneut,
während die Sonne
ihm auf die Schultern schien.
Aber er zitterte noch,
als er unter den Wolken
die Erde sah.

Was würde sich ändern
durch ihn,
fragte er sich,
in einer Welt,
die so ganz anders war
als die ihm vertraute?
Was wußte ein kleiner Hase
mit Regenbogenflügeln
denn schon von Liebe
oder von Weisheit
oder vom Sinn des Lebens?

*Was könnte er sagen,
was nicht der Hirte schon vor ihm
gesagt hatte, als er dort weilte?
Oder was wußte er, was nicht
schon Mohammed gewußt hatte –
oder all die anderen Propheten
im Lauf der Jahrtausende?*

*Aber: einmal geboren, würde er
kein kleiner Hase mehr sein,
sondern ein Kind der Erde.
Seine Regenbogenschwingen
wären verschwunden, vergessen ...
Sie gehörten zur Zwischenwelt,
die er verließ, wie alle,
die ihn liebten. Vergessen die Flügel
und vielleicht auch die Erinnerung ...*

Der Gedanke machte ihm angst.

Bitte, mein Hirte, rief er im stillen, laß nicht zu, daß ich vergesse, warum ich gekommen bin.

Und wie als Antwort darauf teilten die Wolken sich unter ihm, und dort, im hellen Sonnenlicht, sah er die Meere und Länder der Erde. Und er fühlte sich hingezogen zu einem kleinen grauen Haus, das neben einem Schulhof stand. Schulkinder spielten dort.

Er wußte: In einer kleinen Kammer hinter der Küche erwartete seine Mutter ihn. Sie hatte Schmerzen, atmete schneller, tiefer, dann ein Schrei ...

... jetzt war seine Zeit. Er war daheim.

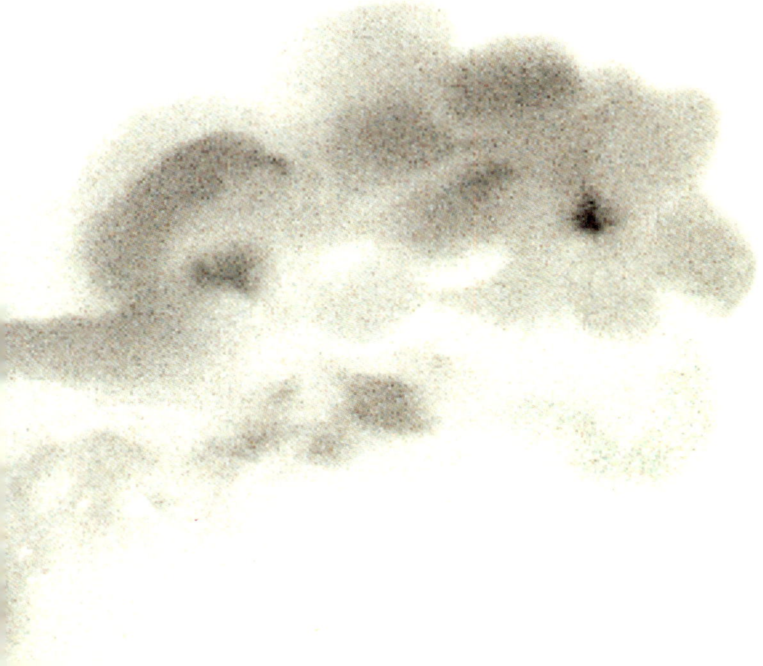

EINS

MEINE Erinnerung an Ramar reicht lange vor seine Reise zur Erde zurück. Sie geht zurück durch eine Spirale von Zeit und Raum an einen Ort, der jetzt so weit von mir entfernt ist, daß ich mich manchmal frage, ob ich überhaupt jemals dort war ... Aber die Zweifel tauchen ganz selten auf und jedesmal nur für einen winzigen Augenblick.

Die Erinnerung ist einfach zu klar.

Ich erinnere mich, daß die Bäume groß und stark sind, und das Land hat dieselben goldenen Brauntöne wie die Erde. An Sommertagen kann man sich hinlegen, und man träumt seine Träume. Und weit hinten am Horizont, wo die Berge so hoch sind, daß sie den Mond verdecken, ist der Himmel strahlend blau, und wenn die Nacht alles in Stille taucht, hört man nur noch die Lieder der Vögel, während sie heimwärts fliegen.

Ich nenne dieses Land jetzt die »Zwischenwelt«, eine Welt, die keine Welt ist, in einer Zeit, die nicht Zeit ist. Und doch weiß ich, daß es existiert, genau so wirklich ist wie die Erinnerung an Ramar, dessen Leben ich auf diesen Seiten erzählen will. Ich schreibe alles so auf, wie es mir wieder in den Sinn kommt.

Ich sah Ramar zum erstenmal an einem schönen Frühlingstag, wie es sie auch auf der Erde gibt, wenn die Bäume gerade ihre ersten Blätter entfalten und noch Nachtfrost einsetzen kann, weil der Winter eben doch noch nicht ganz vorüber ist.

Ramar kam nicht so zur Welt, wie wir uns das hier vorstellen. Es war eher so, als hätte jemand einen Gedanken zur Form kristallisiert, und dieser Gedanke nahm die Gestalt eines kleinen Hasen an, eines lebendigen Hasen, der in einem hohlen Baumstamm schlief; das Gesicht behaglich zwischen die Pfoten gekuschelt und das Näschen zu einem Schnuppern verzogen.

Es war früh am Morgen, und Ramar erwachte beim ersten Morgenlied eines Rotkehlchens und reckte und streckte sich, so lang es nur ging. Er gähnte und wusch sich das Gesicht mit der Zunge, dann sah er sich um.

Er wußte im tiefsten Innern, daß er soeben in einer Welt erwacht war, die er zwar nicht kannte, aber zu der er doch gehörte.

Ja, ich erinnere mich jetzt ganz deutlich.

Der Ort, an dem ich Ramars Bekanntschaft machte, liegt in einer Welt, wo wir alle zwischen den Zeiten leben, die wir auf der Erde verbringen. Wie schon gesagt, ist der Ort gar nicht so anders als die Welt, die uns hier umgibt. Nur wir selbst sind anders, wenn wir dort sind. Unsere Herzen sind wärmer. Unser Geist ist offen und empfänglicher, und er wächst durch die Gemeinsamkeiten, die wir alle miteinander haben. Wir fühlen auch intensiver – intensiver und wahrhaftiger, und dieses Fühlen ist viel kraftvoller, als es unser Denken meistens ist.

Ramar jedenfalls wußte das sofort, als er die Augen aufschlug.

Er wußte, was Leben ist, und er war von Heiterkeit erfüllt; es war eine Freude zu atmen, zu wissen und zu sein – und zu fühlen, daß all dies Geschenke waren, die er sich zu eigen machen durfte.

»Ich lebe«, dachte er, »ich lebe wirklich!« Und als ihm richtig klar geworden war, welch ein Wunder das war, stampfte er mit der Hinterpfote, wie es alle kleinen Hasen tun, wenn sie die Freude für sich entdecken.

Und doch hatte er in all dem Glück, das in ihm war, das Gefühl, daß irgend etwas mit ihm anders war als mit anderen. Etwas, was ihn von allen anderen kleinen Hasen unterschied, die jemals gelebt hatten. Er hatte Schwingen, winzige Flügelchen, hauchfein wie Marienfäden im Altweibersommer, die aus seinen Schultern herauswuchsen, so braun wie die Erde, auf der er lag. Er konnte sie nicht sehen. Er konnte sie nicht berühren. Er wußte nur: Sie waren da.

So also begann Ramars Leben – als kleiner geflügelter Hase in einer Welt, die du und ich nur noch aus unseren Träumen kennen. Er hatte ein Herz, um zu fühlen, einen Verstand, um zu denken, und eine Wißbegierde, die nur Kinder nachempfinden können.

Ramar wußte einfach, daß das Leben ein Geschenk darstellt, das unendlich kostbar ist. Ein so großes Geschenk, daß es gar nichts ausmacht, wenn du anders bist und andere über dich lachen. Wichtig ist nur dieses Geschenk – und was wir lernen anderen von uns zu geben.

Ramar verstand das augenblicklich, und wie er auf der goldgrünen Wiese heranwuchs, dachte er nur wenig an die Schwingen, die er trug, oder warum er sie hatte. Er empfand vielmehr eine gewisse Verbundenheit mit allem, was um ihn her wuchs und dahinflog, und mit allem, was er sah und berührte. Mit den Grashalmen unter seinen Pfoten, den Wurzeln der Bäume. Dem Weißdorn, den Hügeln und den Kolibris. Sie alle waren ein Teil von ihm, so schien es, und er war ein Teil von ihnen ... Sie sprachen eine Sprache, die ohne Worte auskam, und sie waren miteinander verbunden und doch frei, ihre eigenen Wege zu gehen.

Ramar auf seine Weise, die anderen auf die ihre.

Auch ich konnte ihn in meinem eigenen Hasenherzen hören, und wie oft bin ich durch Wälder und Felder hinter ihm hergejagt. Dann hörte ich ihn lachen, hörte, wie er mich rief, und ich erfreute mich am Klang seiner Stimme.

Ramar liebte die Sonne, die ihn wärmte – so sehr, daß er an grauen Tagen, wenn die Sonne hinter den Wolken verschwunden war, alles Spiel vergaß und sich ganz allein in seinen Baumstamm legte und im stillen Gedanken nachhing, die niemand hören konnte.

Da wußte ich, daß Ramar anders war, nicht nur

wegen seiner Schwingen. Er war anders in seinem ganzen Sein, in allem, was er wußte und in seinem Innern vernahm. Es war eine Stimme in ihm, und sie sprach zu ihm in diesen Zeiten der Stille, wenn er in den Schlaf glitt. Er hatte die Wahl, ob er sie hören wollte oder nicht und ob er befolgen wollte, was er da hörte.

Eines wußte er sicher: Er war nicht allein in der Zwischenwelt.

Zwar gab es keine Menschen, aber alle Arten von Tieren: Elefanten und Spatzen. Ameisen und Giraffen. Eidechsen und Löwen. Tiger und Frösche. Aber Ramar hätte keines dieser Tiere als seinen Freund bezeichnet, bis eines Tages zu Beginn seines zweiten Sommers Lydia auftauchte.

Lydia, die Katze.

Ramar wußte beim ersten Blick, den er auf Lydia warf, daß sie eine außergewöhnlich prachtvolle Katze war. Es war etwas in ihren Augen, das er spürte. Nein, es war mehr als das. Es war einfach ... sie selbst, ihre Haltung, die Art, wie sie ging, wie sanft und geduldig sie sprach – oder genauer gesagt, nicht sprach. Sie dachte einfach, so schien es, und Ramar hörte die Worte in seinem Kopf, als wären es seine eigenen.

Was auch das Besondere an ihr sein mochte, sie nahm Ramar mit einem einzigen Lächeln für sich ein.

»Ich bin Lydia«, sagte sie zu ihm, »und ich habe alles über dich gehört. Du bist der Hase mit den Schleierschwingen.«

Ramar lächelte und senkte den Kopf. Er wußte nicht, was er sagen sollte.

»Ich bin hier, weil ich deine Freundin sein möchte«, sage Lydia, »deine Freundin und deine Lehrmeisterin, wenn du mir erlaubst, dir zu helfen.«

Ramar wollte ihr »guten Tag« wünschen, aber er brachte nichts heraus, er sagte es nur in Gedanken. Aber Lydia hatte es gehört und lächelte. »So gehen Freunde miteinander um«, belehrte sie ihn. »Du denkst einfach, was du sagen möchtest, und ich höre dich so, wie du mich verstehst.«

»Spricht jedermann hier so?« fragte Ramar.

»Ja, alles und jeder«, antwortete Lydia. »Es sind nicht nur die Tiere, die miteinander sprechen. Alles hat eine Sprache. Du kannst mit dem Wind reden. Mit den Felsen und dem Fluß. Du kannst mit allem sprechen, was um dich ist, wenn du lernst zuzuhören.«

»Du meinst, alles kann mich hören?« fragte Ramar, »jeder Fels und jeder Baum und ... einfach alles?«

»Nein«, sagte Lydia, »nur die Dinge, mit denen du dich verbunden fühlst oder die du in dein Herz hineinläßt. Das ist das Geheimnis – die Gefühle, die ihr gemeinsam habt.«

Ramar lächelte.

Es war gut, daß er mit Lydia sprechen konnte. Sie war alles gleichzeitig. Sie war jung. Sie war alt. Sie war warmherzig. Sie war weise. Sie fühlte sich in seinem Innern ganz nah und so behaglich an, als hätten sie und Ramar sich seit Jahrhunderten in ihren Herzen bewahrt. Jahrhunderte, an die er sich nicht erinnern konnte.

»Wir alle leben seit Ewigkeiten«, sagte Lydia ihm. »Nur du bist neu bei uns. Du bist noch nie geboren worden, hast nie als Mensch auf der Erde gelebt.«

»Als Mensch?« fragte Ramar.

»Alle Tiere, die du hier siehst«, erklärte Lydia, »haben als Menschen an einem Ort gelebt, den wir ›Erde‹ nennen. Es ist eine Welt, die gar nicht so weit entfernt ist. Es ist nur eine andere Art Leben, als wir es hier erfahren ... so unterschiedlich wie zum Beispiel Träumen und Wachen.«

Da fiel es Ramar ein: »Ich habe von dieser Welt geträumt«, rief er.

Die Träume waren fast jede Nacht gekommen, wenn Ramar geschlafen hatte, und in jedem dieser Träume reiste er zur Erde, wo er zwischen den Menschen einherging, die dort lebten. Die Träume machten ihm nicht angst, denn es kam ihm ganz natürlich vor, daß er auf der Erde war. Er fühlte sich irgendwie dort zu Hause, wie ein Teil jener Welt und derer, die dort lebten, aber gleichzeitig doch von ihnen getrennt.

Das Dumme war, daß die Träume verschwanden, wenn Ramar erwachte; er konnte sie nicht festhalten und seinem Gedächtnis einprägen. Die Reisen. Die Menschen. Die Städte, die er sah. Sie entglitten ihm jedesmal, wenn er die Augen aufschlug, und ganz selten konnte er mehr davon behalten als wenige flüchtige Bilder, wenn er gar nicht darauf gefaßt war.

»So sind Träume eben«, sagte Lydia. »Sie gewähren dir nur flüchtige Blicke in andere Zeiten und andere Welten, damit du weißt, daß du nicht allein bist und kein Gefangener an dem Ort, wo du weilst.«

»Bist du schon mal ein Mensch gewesen?« fragte Ramar.

»Viele, viele Male«, antwortete Lydia, »viel öfter, als ich es dir sagen könnte.«

Sie war eine Königin gewesen, wußte sie, im dreizehnten Jahrhundert, und davor ein Krieger. Auch ein Seefahrer. Dann einmal ein Dichter und einmal ein Priester. Lehrer, Student, Mutter, Mönch. All ihre Leben erschienen ihr nun wie eins, jedes nur ein vergänglicher Augenblick in einem Meer von Zeit und Raum.

An einige erinnerte sie sich, an andere nicht.

Was sie vor allem wußte, war, daß sie alle Erfahrungen sammeln mußte, die ein Mensch nur machen kann, und auf alle Arten, die nur möglich waren, wenn sie wachsen wollte an Würde und Geist.

Vor allem mußte sie – wie jede einzelne kostbare Menschenseele – lernen, was es heißt zu lieben, ganz gleich, welchen Härten, welchem Schmerz, welchen Enttäuschungen sie begegnen würde. Sie durfte nicht rasten und ruhen, bis sie die Liebe fand.

Das war es, was sie Ramar sagte.

»Jedes Tier, das du auf dieser Wiese siehst, ist ein geistiges Wesen«, sagte sie, »genauso wie du und ich. Und wir kommen zwischen unseren Erdenleben hierher, um über all das nachzudenken, was wir dort

gelernt haben. So wachsen wir, Schritt für Schritt und Leben um Leben, durch das, was wir lernen.«

Ramar war verwirrt: »Aber ich erinnere mich nicht an frühere Leben«, sagte er, »wie kann ich denn dann lernen?«

Lydia sah ihn liebevoll an: »Na ja, mit dir ist das ein bißchen anders«, belehrte sie ihn. »Du bist eine neue Seele; deshalb hast du nie als Mensch gelebt. Aber dafür hast du ein sehr großes Geschenk bekommen, das nur ein- oder zweimal alle tausend Jahre gemacht wird ... du darfst der Welt einige der Wahrheiten zurückgeben, die sie längst vergessen hat.«

»Du meinst, ich werde eines Tages geboren?« fragte Ramar.

»Ja«, sagte Lydia, »wenn du das möchtest. Die Entscheidung für das Leben ist immer freiwillig, wie alles. Wenn du bereit bist, deine Entscheidung zu treffen, wirst du es wissen.«

»Wie ist das, wenn man geboren wird?« wollte Ramar wissen. Es erschien ihm wie ein großes Abenteuer, und er hatte das Gefühl, daß er jetzt dazu bereit war.

Lydia versuchte, ein amüsiertes Lächeln zu unterdrücken, denn sie wußte, daß seine Frage eine wohlüberlegte Antwort verdiente.

»Was dann passiert?« fragte Lydia. »Also, wenn du bereit bist, geboren zu werden, rollst du dich zu einer winzig kleinen Lichtkugel zusammen – noch viel kleiner als ein Stecknadelkopf. Dann konzentrierst du dich auf die Erde und die Menschen dort, und ehe du dich versiehst, bist du schon mitten unter ihnen. Du schwebst hierhin und dorthin. Du suchst dir den Menschen aus, der du gerne sein möchtest.«

Ramar hörte aufmerksam zu, als Lydia weitersprach. »Wie weiß ich denn, daß ich ihn gefunden habe?« wollte er wissen.

»Du weißt es ganz einfach«, sagte Lydia. »Du findest ein winziges Baby, das gerade erst geboren ist, noch nicht mal eine Sekunde alt, und du weißt, daß du er – oder sie – bist. Das ist ein wunderbares Erlebnis, das kannst du mir glauben.«

Aus Lydias Gesichtsausdruck schloß Ramar, daß es tatsächlich eine wunderbare Erfahrung sein mußte, geboren zu werden, und er wollte mehr darüber wissen. »Was passiert dann?« fragte er.

»Wenn du dann das Kind gefunden hast, das du bist«, sprach Lydia weiter, »dann berührst du den Kopf des Babys, bis du eine winzig kleine Stelle auf seinem Kopf findest, die noch nicht fertig geformt ist, und da schlüpfst du hinein. Und von dem Augenblick an erfüllst du das Kind mit Leben. Du bist alles, was es ist. Sein Herz und sein Verstand. Seine Gedanken und seine Gefühle.«

»Bleibe ich bei dem Kind?« fragte Ramar.

»Solange es lebt«, sagte Lydia. »Ganz gleich, ob es ein langes oder ein kurzes Leben wird. Manchmal wird man sehr alt, manchmal lebt man nur einen Augenblick. Das kommt darauf an, welche Erfahrungen du machen oder wem du helfen mußt.«

»Was passiert, wenn mein Erdenleben vorüber ist?« fragte Ramar.

»Dann kommst du zurück in die Zwischenwelt«, erklärte Lydia ihm. »Du verläßt den Körper wieder so, wie du in ihn eingetreten bist, und du kommst als das Licht zu uns zurück, das du vor deiner Geburt warst. Wenn du dann wieder hier bist, ruhst du dich eine Weile aus und denkst über die Dinge nach, die du in dem Leben gelernt hast. Später, wenn du erneut dazu bereit bist, kannst du wieder zurückgehen und ein anderer Mensch werden. Dadurch lernst du mehr und mehr, und dein Geist wird heller und vollkommener.«

Ramar dachte lange darüber nach. Er verstand einiges von dem, was Lydia erklärt hatte, aber nicht alles. Das war einfach zu hoch für ihn.

»Mach dir keine unnötigen Sorgen«, tröstete Lydia ihn. »Alles, was du wissen mußt, wirst du bald wie von selbst erfahren. Wichtig ist, daß du nie aufhörst, nach den Antworten zu suchen, ganz gleich, ob du sie bei anderen oder in dir selber findest.«

In diesem Augenblick, noch bevor Ramar weiterfragen konnte, hörte er ein leichtes Flügelschlagen über seinem Kopf, und ein kleiner weißer Vogel ließ sich neben ihm nieder.

»Wer bist du?« fragte er überrascht. »Ich habe dich noch nie gesehen.«

»Man nennt mich die Taube, und das reimt sich auf Glaube«, sagte der kleine Vogel, »und ich bin gekommen, um dir ebenfalls zu helfen.« Und dann lachte er und lachte und lachte.

Ramar lachte auch, denn die Taube war ein fröhliches Wesen, und ihre Freude war ansteckend.

»Warst du auch einmal ein Mensch?« erkundigte sich Ramar höflich bei ihr, und die Taube nickte.

»Ich habe viele, viele Male als Mensch gelebt, habe unnütze Prüfungen und unsinnige Kriege und viel Schmerzvolles erlebt, wieder und wieder.«

»Wie kannst du dann so fröhlich sein?« fragte Ramar. »Das klingt alles sehr traurig für mich.«

»Weil ich an etwas glaube«, antwortete die Taube. »Ich weiß, daß eines Tages Frieden sein wird – ganz gleich, was vorher war. Frieden wird sein, wenn die Menschen lieben lernen, und ich glaube, daß sie das eines Tages lernen werden.«

»Du glaubst?« fragte Ramar. »Was ist Glaube?«

»So genau kann ich dir das nicht sagen«, sagte die Taube, »weil das etwas ist, was man fühlt, ohne zu wissen, warum. Es ist etwas, von dem du in deinem Herzen weißt, daß es wahr ist.«

Lydia lachte, als sie das hörte: »Dieser dumme Vogel glaubt sogar, daß er eines Tages Zähne bekommt und dann eine Lachtaube wird.«

Auch Ramar lachte unwillkürlich: »Glaubst du das wirklich?« fragte er seinen neuen Freund.

»Aber ja«, antwortete die Taube. »Ich weiß, wenn ich ganz fest und mit meinem ganzen Herzen daran glaube, dann werde ich eines Tages die allerschönsten

weißen Zähne haben, die es gibt. Und wenn das passiert, werde ich immerzu lachen, damit jeder sie sehen kann.«

Ramar verstand, wie ernst es dem kleinen Vogel damit war. Er spürte, daß von allen Geschenken, die der Taube jemals zuteil würden, ihr keines so wichtig oder wertvoll erscheinen würde wie die Gabe, zu lächeln und anderen ihre Liebe zu zeigen.

Doch nichts schien auch unerreichbarer zu sein.

Aber andererseits, rief er sich in Erinnerung, was könnte unwahrscheinlicher sein als ein Hase mit Flügeln?

»Vielleicht gibt es da etwas, was wir alle miteinander lernen können.«

Und natürlich hatte Ramar recht.

Es war kein Zufall, daß sie alle in dieser Zwischenwelt zusammengekommen waren: Ein Hase mit hauchdünnen Flügeln. Eine Katze mit aquamarinblauen Augen. Und eine Taube, die sich auf Glaube reimte. Man spürte, daß zwischen ihnen eine Verbindung bestand ... ganz feine Verknüpfungen gemeinsamer Gefühle, die niemand, nicht einmal sie selbst, sehen oder vollkommen verstehen konnte.

Aber Lydia hatte Erfahrung darin, nichts in Frage zu stellen oder zu bezweifeln. Vor langer Zeit schon hatte sie die Erfahrung gemacht, daß du für das Wunderbare, das dir vielleicht im Leben begegnet, niemals nach Erklärungen suchen darfst, denn sonst entgleitet es dir mitunter.

Auf der Erde nannte man es Logik, fiel ihr ein, das Bestreben, alles zu erklären oder zu beweisen, bevor man es für wahr hält. Das war nicht unsinnig, wie sie wußte, aber zugleich gab es so viele Dinge, die vom logischen Verstand her nicht faßbar waren. Wie erklärt man Liebe, fragte sie sich. Oder Glauben? Oder Freundschaft? Und wie macht man Menschen verständlich, was Phantasie ist oder was Musik bewirkt oder warum Dichter Dinge hören, die anderen verschlossen sind?

Oft war es Lydia so vorgekommen, daß die Dinge, die sie nicht erklären konnte, genauso wichtig waren wie die erklärbaren – vielleicht gar noch wichtiger.

Ramar nahm ihre Gedanken auf und unterbrach sie. Er wollte wissen, was Logik ist. »Hat das etwas mit dem Menschsein zu tun?« fragte er, und Lydia antwortete, daß dies viel zu oft der Fall sei.

Sie hatte gelernt, daß eine der Gefahren bei unserer Rückkehr zur Erde die ist, daß sich unsere Wahrnehmung ändert. Wir hören dann nicht mehr auf das, was unsere Seele uns sagt, und wir fühlen nicht mehr, was unser ganzes Sein ausmacht. Wir hören nur mit den Ohren und sehen nur mit den Augen ... und manchmal, trotz all der uns verliehenen Gaben, lassen wir andere für uns denken. Für uns entscheiden. Oder lassen uns von ihnen vorschreiben, wie wir leben sollen.

»Logik ist etwas, womit du abwägen kannst«, sagte sie schließlich zu Ramar, »damit du – einmal Mensch geworden – selbst entscheiden kannst, ob das, was du lernst, sinnvoll ist oder nicht. Das Dumme ist nur, daß du nur einen Teil der Wahrheit erfaßt, wenn du nur deinen logischen Verstand einsetzt und deine Vorstellungskraft vergißt. Das passiert immerzu auf der Erde.«

Dies war althergebrachtes Wissen, und Lydia wußte das sehr wohl.

Es gab so vieles, was Ramar lernen mußte, was sie ihn lehren wollte. Sie wußte, daß es seine Aufgabe war, die Welt für alle zu ändern, die bereit waren, auf ihn zu hören, und daß sie ihm helfen mußte, sich auf diese Aufgabe vorzubereiten.

Sie wußte aber nicht, wie sie das anstellen sollte oder was genau ihre Rolle dabei war. Alles, was sie wußte, war, daß Ramar ein Kind der Schöpfung war wie niemand sonst. Er war ein Hase, der Flügel hatte, und niemand wußte, warum. Sie nicht. Die Taube nicht. Niemand.

Aber sie liebte ihn, und nur darauf kam es schließlich an.

ZWEI

ICH erinnere mich nicht an alles aus dieser Zeit in der Zwischenwelt und auch nicht, wann ich dort lebte. Es ist so schwierig, die Zeit zu messen, wenn man von der Erde fort ist, denn Tage und Wochen und Jahre bedeuten wenig.

Was zählt, ist, was wir lernen.

Ich weiß auch noch, daß man dort nicht älter wird, weil sich unsere Seele nicht ändert. Sie kommt aus dem Licht und geht ins Licht zurück.

All dies erklärte Lydia Ramar.

Von ihr erfuhr er, daß all die Tiere, die in der Zwischenwelt lebten, einmal Menschen gewesen waren, die meisten sogar bis vor kurzem. Dies sei nicht ihre ewige Heimat, sagte sie. Es sei eben einfach so, daß die Menschen sich nach ihrem Tod eine Weile ausruhen dürften, um nachzudenken, um zu träumen und um über das nachzusinnen, was sie auf der Erde gelernt hatten.

Und eine Möglichkeit, sein Lernpensum gut zu bewältigen, sagte sie ihm, sei die, daß sich der Geist in die Tierform wandle, der man auf der Erde ähnlich gewesen sei.

»Vielleicht wirst du eine Katze. Oder ein Rotkehlchen. Oder du kommst als Puma oder als Pfau zurück, als Tapir oder als Spinne.

Das kann man sich niemals selbst aussuchen«, erläuterte Lydia, »deshalb ist es so wichtig, daß man lernt. Das Tier, das du wirst, ist das Abbild dessen, was du innerlich bist«, sagte sie, »und wenn du das einmal verstehen lernst, kann dein Geist weiter wachsen. Und das wollen wir alle. Das ist unser höchstes Ziel des Daseins.«

Ramar konnte noch nicht alles begreifen, was er lernte, insbesondere, was man ihm über den Tod erzählte. Das klang beängstigend und traurig, und darauf freute er sich gar nicht.

»Wenn ich mal ein Mensch bin, werde ich dann auch sterben müssen?« fragte er, und Lydia bejahte dies.

»Jeder, der auf der Erde lebt, muß eines Tages sterben«, sagte sie, »aber davor brauchst du keine Angst zu haben, denn der Tod ist nichts anderes als eine Neugeburt auf einer anderen Ebene. Du verläßt den Körper so, wie du in ihn eingetreten bist, und dann bist du wieder bei uns, bei allen, die dich lieben. Das ist schon alles.«

Damit gab sich Ramar zufrieden, zumindest für den Augenblick. Es war einfach so, daß er manchmal ganz erschöpft war von dem, was er lernte, und manchmal geriet ihm einiges davon einfach aus dem Kopf – verloren, vergessen. Jedenfalls schien es so.

So vergingen die Tage, vielleicht auch Jahre, und Ramar und Lydia und die Taube, die sich auf Glaube reimte, wurden immer vertrauter miteinander. Sie wurden zu einem Dreigespann, das sich wie von einer einzigen Kraft beseelt bewegte, im gleichen tänzerischen Rhythmus schwang. Sie schwangen vorwärts und zurück und webten so einen Teppich der Liebe und des Lernens. Wort um Wort. Faden um Faden.

Es hatte etwas Wunderbares, ihnen zuzuschauen, und wer in ihrer Nähe war, fühlte die Herzlichkeit, die zwischen ihnen herrschte, und wurde einbezogen in diese Harmonie.

Ramar wollte alles wissen, und je mehr er erfuhr und je mehr er fragte, desto mehr wollte er noch lernen. Die meisten Fragen drehten sich um die Erde, wo sie war, und wie es wohl sein würde, dort zu leben.

Und Lydia wußte, warum das so war.

Sie wußte sehr wohl, daß wir alle durch unsere Erfahrungen des Menschseins, nicht durch das rein geistige Sein, wachsen und reif werden. Sie erklärte Ramar, daß wir wieder und wieder auf die Erde kommen, ohne uns an frühere Zeiten zu erinnern, so daß uns jedes Leben wieder ganz neu erscheint.

»Vielleicht kommst du hundertmal auf die Erde«, sagte sie, »nur um Antwort auf eine wichtige Daseinsfrage zu erhalten, oder du lernst es im Handumdrehen, einfach so. Es gibt keine festen Regeln oder Maße, du allein triffst deine Entscheidungen. Du allein bist immer verantwortlich für alles, was du tust und fühlst und denkst. Hier wie dort.«

Ramar drängte es danach, geboren zu werden, je schneller, desto besser. »Bin ich jetzt soweit?« fragte er. »Kann es bald losgehen?«

Lydia sagte, das könne er, wenn er es wolle, aber

sollte er nicht besser noch den Grund dafür finden, warum er Flügel hatte, bevor er ins Erdenleben eintrat? Denn dies könne sehr wohl seine Wahl beeinflussen, meinte sie. Die Taube, die sich auf Glaube reimte, meinte dies auch, und Ramar gab ihnen recht.

So entschloß er sich zu warten.

Und dann gab es ja auch noch das Problem, daß er seine Freunde vermissen würde, wenn er sich jetzt dazu entschloß, geboren zu werden. Es würde ihn sehr traurig machen, wenn er sie nicht mehr sehen könnte. Lydia. Die Taube. Es würde sicher niemanden geben, der so war wie sie ... niemand würde ihn so lieben, und er würde niemanden so wiederlieben wie sie.

Lydia verstand, was in ihm vorging, denn sie hatte das viele Male auf beiden Seiten des Daseins erfahren: »Jedesmal, wenn wir geboren werden und wenn wir sterben«, legte sie Ramar dar, »verlassen wir alle, die wir lieben. Es währt aber nicht lange, denn Freundschaften und Familien sind Teil der Ewigkeit, und wir bleiben in unseren Erdenleben verbunden – und auch in der Zeit, die dazwischen liegt.«

Ramar fühlte sich getröstet. Ein Leben ohne Lydia oder die Taube erschien ihm nicht lebenswert: »Bedeutet das, daß du mit mir zur gleichen Zeit geboren wirst?« fragte Ramar.

»Das weiß ich nicht«, sagte Lydia. »Wir kommen und gehen zu den verschiedensten Zeiten, und wir sehen auch anders aus, wenn wir auf die Erde zurückkehren. In einem Leben bist du vielleicht ein Mann. In einem anderen eine Frau. Vielleicht bist du schwarz oder weiß oder gelb oder rot, je nachdem, was du sein möchtest. Worauf es ankommt, ist, daß du alles erfahren mußt, was Leben ist und sein kann, bevor deine Seele zum Licht zurückkehren kann.

Du wirst das besser verstehen«, fuhr sie fort, »wenn du mit anderen sprichst, die hier sind ... denn jeder ist mit einer Erfahrung zurückgekommen, aus der wir alle lernen können, wenn wir uns die Zeit nehmen zuzuhören.«

Dazu war Ramar natürlich immer bereit, aber er wußte nicht, wo er anfangen sollte.

Lydia lachte und meinte: »Fang doch einfach damit an, daß du mal auf deine Pfoten runterschaust.«

Ramar betrachtete seine Pfoten, aber er sah nur einen kleinen braunen Felsstein, der zwischen seinen Vorderläufen lag, als hätte ihn jemand dorthin geworfen. »Ich sehe nur einen Stein«, antwortete er. »Meinst du das?«

»Schau mal genauer hin«, schlug Lydia vor, und Ramar beugte sich so weit nach unten, bis sein Näschen

den Stein berührte. Der bewegte sich plötzlich, und Ramar sprang ängstlich auf.

»Es ist eine Schildkröte!« rief Ramar aus, und das war es tatsächlich. Sie lag auf dem Rücken und mühte sich redlich ab, sich umzudrehen, aber sie kam mit ihren Füßen nicht auf den Boden.

Als Ramar begriff, was vorging, drehte er sie um, und die Schildkröte bedankte sich: »Ich liege hier schon eine ganze Weile«, sagte sie, »und ich habe gehofft, daß jemand kommt. Ich hatte Hunger und Durst und Angst.« Und wie sie so sprach, traten ihr Tränen in die Augen, denn sie war nicht an Güte oder an Angst gewöhnt, nicht einmal als Mensch.

Ramar fühlte ihren Schmerz. Er hatte nie zuvor Schildkrötentränen gesehen, Tränen überhaupt ... aber er spürte sie.

»Bitte wein doch nicht«, sagte er und streichelte die Schildkröte sanft, »wir sind doch alle hier, um dir zu helfen. Meine Lehrerin Lydia, meine gute Freundin Taube, und ich bin Ramar.«

»Ich heiße Micah«, antwortete die Schildkröte, und während sie sprach, suchte sie nach Erinnerungen, die sich nicht einstellten. Sie hatte vergessen, wer sie war und wo sie war – jetzt und früher – und überhaupt alles, was wichtig war.

Lydia kannte dieses Gefühl, denn sie hatte viele Reisen von der Erde gemacht und war oft in der Zwischenwelt aufgewacht.

»Es dauert einige Zeit, um sich einzugewöhnen«,

sagte sie zu Micah, »aber du wirst dich bald erinnern. Davon bin ich überzeugt.«

Aber Micah war keineswegs davon überzeugt.

Vor einigen Stunden hatte er noch in seinem Bett gelegen und eine Geschichte gelesen ... »Ja, jetzt erinnere ich mich. Ich bin müde geworden und habe deshalb das Buch geschlossen, meine Brille auf den Nachttisch gelegt und das Licht ausgemacht. Und ehe ich mich's versah, war ich hier auf diesem Feldweg und habe versucht, mich umzudrehen.«

»Dein Körper ist gestorben«, sagte Lydia, »das ist alles. Was du dich jetzt fragen mußt, ist, warum du auf der Erde gelebt hast. Was hast du aus dem Leben gelernt?«

Während Lydia sprach, fiel Micah alles wieder ein. Hier ein Bild. Da ein Stück Erinnerung. Das Gesicht der Mutter. Ein Schulfreund. Der Hund, den sein Großvater ihm zu seinem vierzehnten Geburtstag geschenkt hatte. Es schien jetzt alles so weit weg zu sein ... nur Bilder und Erinnerungsfetzen aus einem halbvergessenen Traum.

Er sprach von seinen Erinnerungen. Von den guten Zeiten und den weniger guten.

Micah war ein stolzer Mann gewesen, stark und unabhängig: »Ich habe niemals irgend jemanden um Hilfe gebeten«, sagte er, immer noch stolz, »und ich habe selbst auch niemandem geholfen. Ich habe mein Leben so gelebt, wie ich es für richtig hielt: niemandem zu Dank verpflichtet.«

»Und deine Familie?« fragte Ramar. »Vermißt du die nicht und wünschst du dir nicht, daß sie jetzt hier bei uns wäre?«

»Ich hatte keine Familie«, antwortete Micah, »nur meine Eltern, als ich klein war.«

»Hattest du Freunde?« fragte Lydia, »Menschen, die dich geliebt haben? Das kann auch wie eine Familie sein, weißt du, manchmal sogar mehr als eine wirkliche Familie.«

Micah sagte, er habe nie Zeit für Freunde gehabt, er habe stets gearbeitet und sei für sich geblieben. »Ich habe mich aus den Angelegenheiten anderer herausgehalten und sie sich aus meinen ... das war genau das, was ich wollte.«

Ramar rückte näher an Micah heran, denn in seinen Augen standen noch immer Tränen. Ramar spürte vor allem die Einsamkeit in ihm, als wäre da eine innere Leere in seiner Schildkrötenseele, die niemand je berührt oder ausgefüllt hatte. Nicht Liebe. Nicht Freundschaft. Nichts. Ramar hatte den Wunsch, sie auszufüllen und den Schmerz fortzuwischen.

Lydia sagte, Micah habe die Form einer Schildkröte angenommen, als er die Erde verlassen habe, damit er sich daran erinnern würde, daß seine Seele mit anderen in Berührung treten und mit ihnen eins werden müsse. »Und das gilt für uns alle«, sagte sie, »egal, ob wir auf dieser oder auf der anderen Seite des Lebens sind.«

Lydia führte Micah vor Augen, daß er sich in seinem Menschenleben einen Panzer um seine Seele gelegt habe und es anderen nicht gestattet habe, ihm nahezukommen. Niemals habe er seine Träume, seine Gedanken, seinen Schmerz mit anderen geteilt. Er habe auch niemals um Hilfe gebeten – nicht ein einziges Mal –, selbst dann nicht, wenn er so dringend jemanden gebraucht hätte. Lydia erklärte alles so gut, wie sie es vermochte.

Sie erklärte ihm, daß Micah immer älter geworden sei und sich nicht geändert habe, da sei sein unsichtbarer Panzer immer dicker geworden, bis schließlich niemand mehr den Menschen darunter habe wahrnehmen können – weder den Menschen Micah noch die Leere in ihm.

»So ist das gekommen«, sagte Lydia. »Micahs Panzer wurde immer dicker und härter und die Leere in ihm immer größer, bis er schließlich starb.« Und das sei genau heute gewesen, erklärte sie, bevor sie ihn gefunden hätten.

Auch die Taube, die sich auf Glaube reimte, hatte es verstanden; sie drehte einige Proberunden, ließ sich dann auf Micahs Rücken nieder und pickte mit aller Kraft an seinem Panzer: »Hart wie Stein«, sagte sie zu Ramar, »fühl selbst.«

Aber Ramar war verlegen, er blieb neben Lydia stehen und rührte sich nicht.

»Ist schon gut«, sagte Micah, »du kannst mich berühren, wenn du das möchtest.« Jetzt war seine Stimme sanft und voller Gefühl.

Ramar faßte ihn an, und als er das tat, ging ein Zittern durch Ramar hindurch wie ein plötzlicher Schüttelfrost. Aber es war kein Schüttelfrost. Es war wie ein Strom, und der fuhr durch seinen ganzen Leib. Seinen Geist. Seine Füße. Seine Ohren. Und alles zur gleichen Zeit.

Auch die anderen spürten es.

Es erschien der Taube und Lydia, daß für einen winzigen Augenblick ein blaues Licht durch Ramars Schwingen gehuscht sei, als er Micahs Panzer berührte. Sie konnten es nicht beschwören, denn es war so schnell gegangen, und das Licht kann den Augen manches vorgaukeln, wie sie wußten, selbst in der Zwischenwelt.

Sie wechselten einen Blick und schauten dann Ramar an.

Ramar wirkte verändert. Nicht äußerlich und nicht so, daß seine Freunde es sich hätten erklären können. Es war etwas, was sie nur fühlen konnten und von dem sie wußten, daß es stimmte. Sie wußten es intuitiv.

Die Wahrheit war, daß Ramar, als er Micahs Panzer berührte, mit einem Male begriff, was dies alles bedeutete, und dieses Wissen veränderte ihn. Er fühlte, daß das stärkste Bedürfnis, das es jemals für seinen Körper oder seine Seele geben könnte, die Berührung mit anderen war, die Verschmelzung ... ein Einswerden mit allem, was ihn umgab. Auf der Erde. In der Zwischenwelt. Ganz gleich, wohin er ginge oder in welcher Gestalt er leben würde.

Dieses Gefühl hatte er schon erfahren, als er als ganz kleines Häschen über seine Wiese gehoppelt war, aber jetzt spürte er es stärker und tiefer, weil er mit Micah in Berührung gekommen war, und Micahs Lebenserfahrung war etwas, das er niemals vergessen würde.

»Leben bedeutet, auf andere zuzugehen«, sagte Ramar laut, »und unser Sein mit ihnen zu teilen. War es das, was Micah lernen sollte?«

»Es ist etwas, das wir alle lernen müssen«, sagte Lydia, »denn wir alle bauen auf die eine oder andere Weise Panzer um uns herum. Und auch wenn wir nicht alles, was wir sind und fühlen, teilen müssen, brauchen wir doch die Gedanken und Vorstellungen der anderen, damit wir wachsen können. So wie wir alle Micah brauchen und er uns.«

»Und Liebe«, fiel die Taube ein, »denn wenn wir ohne Liebe leben, leben wir überhaupt nicht – und das tut am meisten weh.«

Und so verging der Tag, und die vier setzten sich auf den Feldweg und besprachen ihre Gedanken und ihre Gefühle miteinander. Ihre Träume und Vorstellungen. Ihre Hoffnungen und Enttäuschungen. Und – außer Ramar – ihre Erinnerungen an ihre Erdenleben.

Es war eine Zeit des Lernens, es war eine Zeit der Liebe, und Micahs innere Leere, die er so lange verborgen hatte, wurde kleiner und kleiner, bis sie ganz verschwunden war.

DREI

RAMAR verstand immer mehr, daß alles um ihn herum ihm etwas zu sagen hatte, und wenn sie so nebeneinander hergingen, miteinander sprachen und spielten, zeigte ihm Lydia immer wieder, wie wahr dies war. Jede Stunde. Jeden Tag.

»Du kannst sogar von dem kleinen Frosch da lernen«, meinte sie eines Morgens und wies auf eine kleine Skulptur, die halb verborgen hinter Seerosen an einem kleinen grünen Teich stand.

Es war ein sehr kleiner grauer Frosch, vollendet gemeißelt von Meisterhand, und er stand auf einem moosbewachsenen Stein am Wasser. Seine lebendigen Ebenbilder, die grünen Frösche, sprangen um ihn herum; sie lachten, quakten und schwammen im Wasser, während Ramar ihnen zusah.

»Was kann ich denn von einem Steinfrosch lernen?« wunderte sich Ramar laut. »Er kann doch nicht mit mir sprechen, oder?«

»Na ja, nicht so wie wir«, belehrte ihn Lydia, »aber er kann uns trotzdem einiges lehren, einfach dadurch, daß er hier ist und daß wir ihn ab und zu anschauen.«

Dann erzählte Lydia ihm die Geschichte, die sie zu einer Zeit gehört hatte, als ihre Seele noch so jung gewesen war wie jetzt Ramars und genauso lernbegierig.

Der Frosch war, so sagte sie, vor vielen, vielen Leben aus festem Granit gemeißelt worden, das Werk eines großen Meisters. Der Name des Bildhauers war Bahrue, und er war ungewöhnlich weise und begabt gewesen – so sehr, daß seine Gemälde und Skulpturen von allen bewundert und geschätzt wurden, die sie sahen.

»Bahrue wurde verehrt«, sagte Lydia, »weil er ein Schöpfer schöner Dinge und weil er voller Wahrheitsliebe war. Und weil er dankbar war für das Talent, das ihm verliehen worden war, dachte er lange, lange darüber nach, welches wunderbare Werk er schaffen wollte, um für diese große Gabe zu danken. Welches Kunstwerk? Welche gewaltige Skulptur? Was konnte er schaffen, das das Leben symbolisierte und zeigte, wie sehr er es liebte?«

Ramar war ganz Ohr, und er und die Taube drängten sich dichter an Lydia heran, als sie ihnen die Geschichte von Bahrue und dem grauen Granitfrosch erzählte.

»Bahrue versuchte, in Stein zu verewigen, was er im Innern fühlte«, sagte sie, »und seine Werke wurden wegen ihrer Schönheit auf der ganzen Welt berühmt. Aber nichts erschien ihm richtig oder würdig für das eine große Werk, das er der Welt hinterlassen wollte, und schließlich legte er enttäuscht sein Werkzeug nieder.

Dann, so geht die Legende«, fuhr Lydia fort, »hörte Bahrue eine Stimme in seinem Innern, und die befahl ihm, unter die Menschen seiner Heimatstadt zu gehen und ihr Leben zu beobachten; so würde er erfahren, was er der Welt hinterlassen solle.

Bahrue folgte also seinem Herzen«, erzählte Lydia weiter, »und er begab sich unter die Menschen, beobachtete sie, sprach mit ihnen und sah, wie sie lebten – Fremde wie Freunde.

Die Jahre zogen ins Land, die Jahreszeiten kamen und gingen, ein Tag folgte dem anderen. Und viele gab es, die Bahrue folgten und seinen Rat suchten; denn sie hatten ihn als weise und verständnisvoll kennengelernt, und sie fühlten sich so geborgen in seiner Gegenwart wie er sich in der ihren.«

»War der Granitfrosch sein Freund?« fragte Ramar.

Lydia lachte über diese Bemerkung und sagte ihm, daß Frösche und Menschen sich nicht so ohne weiteres zusammentun, wenn sie miteinander auf der Erde leben. »Das geschieht nur hier«, erklärte sie, »hier verstehen wir uns.« Darauf schwieg sie eine Weile und setzte dann ihre Geschichte fort:

»Bahrue wurde sehr alt, er hatte einen herrlichen weißen Bart, der ihm fast bis zum Gürtel reichte, und in seinen Augen funkelte ein Willkommensgruß für jeden, dem er begegnete. Und wenn auch seine Hände rauh waren und seine Kleidung derb, blieb er selbst doch ein sanfter Mensch, dessen Kraft weder von Krankheit noch von der Zeit gemindert wurde. Ganz besonders liebte er Kinder«, fuhr Lydia fort, »und sie kamen jeden Tag, saßen auf seinem Schoß, und er erzählte ihnen Geschichten und teilte seine Weisheit und seinen Frohsinn mit ihnen.

Dann brachte ihm eines Tages ein Kind einen kleinen grauen Frosch und legte ihn in seine Hand. Der Frosch war tot. Der Junge weinte und streichelte ihn, als er ihn dem alten Mann in die Hand gab.

Er fragte Bahrue, warum sein Spielgefährte tot sei, und Bahrue legte den Arm um den Jungen und erzählte ihm die Geschichte von einem Frosch, den er einmal gekannt hatte, der sich nie habe entscheiden können. Er wußte nie, wohin er springen sollte, sagte er zu dem Jungen, wenn ihm nicht jemand sagte, was er machen sollte.

Dann eines Tages, als all seine Freunde fort waren, saß der kleine grüne Frosch allein am Teich und versuchte zu entscheiden, wohin er springen sollte. Gerade zu seiner Rechten standen Seerosen, herrlich anzuschauen in all dem Grün, und ein prachtvoller Baumstamm lag zu seiner Linken ... beides lohnende Ziele.

Er setzte zum Sprung nach links und nach rechts an – und änderte jedesmal seinen Entschluß. Das ging so Stunde um Stunde. Die Sonne ging unter. Der Mond ging auf. Und der Frosch sprang nicht.

Als seine Freunde am nächsten Morgen von ihrem Ausflug zurückkamen, fanden sie ihn noch an derselben Stelle, an der sie ihn verlassen hatten, aber jetzt saß er leblos da und war ganz und gar grau. Er war zu Stein geworden.

Als er diese Geschichte erzählt hatte«, sagte Lydia, »lächelte Bahrue dem Jungen zu, den er im Arm hielt. Jetzt wußte er endlich, was er der Welt hinterlassen wollte. Es sollte ein kleiner Granitfrosch sein, der uns alle bis in alle Ewigkeit daran erinnern soll, daß wir selbst uns jedesmal entscheiden müssen, welchen Lebensweg wir gehen wollen.

Jeder von uns. In jedem Leben. Jeden Tag.«

Lydia schwieg und berührte den kleinen grauen Frosch, den Bahrue so meisterhaft als Geschenk für die Nachwelt geschaffen hatte. Er war glatt und von großer Schönheit, mit einer Liebe geschaffen, die noch als Wärme spürbar war. Unvergänglich.

»Und das ist es, was der Frosch uns lehren kann«, sagte sie zu Ramar. »Bahrue schuf ihn, damit wir immer daran erinnert werden, daß niemand uns das Denken abnehmen kann. Niemand kann für uns entscheiden, was wir fühlen oder tun sollen. Wir müssen stets selbst entscheiden.«

»Immer?« fragte Ramar.

»Ja, immer«, sagte Lydia. »Denn auf diese Weise wachsen wir ... indem wir denken und das tun, was wir selbst für richtig halten, selbst wenn andere nicht davon überzeugt sind.«

Ramar dachte eine Weile nach. »Aber treffen wir nicht manchmal die falsche Entscheidung?« fragte er. »Und tun wir dann nicht manches, was uns später leidtut?«

Lydia lachte, und auch die Taube lachte.

»Natürlich«, antwortete sie, »wir alle machen manchmal Fehler, aber wenn wir Angst davor haben, etwas Falsches zu tun, können wir nie etwas richtig machen, und nur dadurch, daß wir selbst unsere Entscheidungen treffen, lernen wir den Unterschied.«

VIER

RAMAR genoß seine Zeit mit der Taube und Lydia, und gemeinsam erforschten sie die Zwischenwelt von einem Ende zum anderen – die Wiesen und die Berge und den Sand am Meer. Überall gingen sie hin zu dritt und waren doch eins.

Und ganz besonders für Ramar war jeder Tag ein neues Abenteuer, das ihm neue Erfahrung schenkte, aus der er lernen konnte – wie zum Beispiel von der Raupe, die ihm über die Nase krabbelte, oder wie sie durch den Schlamm am Fluß wateten ...

»Ist es auf der Erde genauso wie hier?« fragte er dann und wann, und die Taube und Lydia versicherten ihm, es sei genauso.

»Na ja, außer den Menschen«, sagten sie dann, »aber das wirst du ja dann eines Tages selbst erleben, wenn du bereit bist, Mensch zu werden.«

Ramar dachte oft an die Zeit, wenn er zur Erde reisen und was für ein Mensch er wohl werden würde. »Kann sich jeder aussuchen, wer er werden will, bevor er geboren wird?« fragte er, und Lydia bejahte das immer ausdrücklich. »Jede Seele findet das Kind, das ihr entspricht«, erläuterte sie, »und wenn sie es gefunden hat, dann wird sie zu diesem Kind, sobald es seinen ersten Atemzug tut.«

Diese Vorstellung gefiel Ramar. »Es muß wunderbar sein, geboren zu werden«, meinte er, und Lydia und die Taube stimmten zu. Dann wandte Lydia Ramar jenen mütterlichen Blick zu, den er schon oft an ihr gesehen hatte, und erinnerte ihn daran, daß jedes Leben ein Lernprozeß ist, um sich einen eigenen Erfahrungsschatz zu sammeln – »aber das Lernen ist das wichtigste.«

»Und lieben lernen«, fügte die Taube entschieden hinzu, woraufhin Lydia stets zustimmend lachte.

»Mag sein, daß die Liebe am wichtigsten ist«, räumte sie manchmal ein, aber in ihrem Innern wußte sie, daß es da kaum einen Unterschied gab – Liebe und Lernen sind gleichermaßen Teil jener Kraft, die uns hilft zu wachsen. Sie wußte auch, daß fast alles im Leben ein Gleichgewicht zwischen zwei Gegensätzen ist.

Ein alter Freund hatte ihr – vor langer, langer Zeit – einmal gesagt, sie solle immer an die einfache Wahrheit denken, die er selbst im Laufe vieler Leben gelernt habe. Dann hatte er etwas auf ein Stück Pergament geschrieben, damit sie es nicht vergesse. Was sie da las, war ein ganz kurzer, seltsamer Satz:

Die Fische sind wie Blumen.

Als sie ihn fragte, was das zu bedeuten habe, nahm ihr alter Freund ihre Hand und sagte, so wie die Fische Nahrung für den Körper seien, seien die Blumen Nahrung für die Seele.

»Auch deine Seele kann Hunger leiden«, sagte er, »genauso wie dein Körper. Du kannst deine Seele mit Freundschaft ernähren. Du kannst ihr Lachen und Musik und all die Schönheit geben, die du in der Welt siehst, und es wird immer noch Raum für mehr sein.«

Lydia hatte diese Lehre niemals vergessen und sie an andere weitergegeben, denen sie im Laufe ihrer Leben begegnet war. Jetzt legte sie ihre Erkenntnis Ramar und der Taube dar, so gut sie es vermochte.

»Wenn du ein Mensch wirst«, sagte sie Ramar, »wirst du erkennen müssen, daß du durch das Gleichgewicht der Gegensätze wächst. Du mußt für deinen Körper und für deine Seele gleichermaßen sorgen, auch wenn nur der Körper sichtbar ist, die Seele nicht. Und das gilt auch für das Denken und Fühlen.

Wenn du denkst, ohne zu fühlen«, fuhr sie fort, »dann hast du noch sehr viel zu lernen. Und wenn du nur fühlst, ohne zu denken, dann verlierst du die Macht, die der Verstand dir gibt, und das Wissen, um dich selbst und die Welt zu verändern.

Wissen gibt dir mehr Wahlmöglichkeiten als alles andere«, fügte sie hinzu.

Ramar fing an zu verstehen. Es gibt im Leben Fragen, für die der Verstand nach Antworten suchen muß, und andere, die man rein gefühlsmäßig richtig erfaßt. Die Frage war nur, wie würde er wissen, was jeweils richtig war?

Lydia meinte, das könne vielleicht die Taube erklären, und höchst geschmeichelt schwang der kleine Vogel seine Flügel nach hinten und ging ein wenig auf und ab, wie man es von großen Denkern kennt. Schließlich hielt er inne, räusperte sich und sagte zögernd: »Ich fürchte, ich weiß es selber nicht genau.«

Lydia schmunzelte, denn sie hatte gewußt, daß die Taube genau das sagen würde. Der Vogel war nicht gerade für seine Fähigkeit bekannt, Dinge theoretisch zu begründen.

»Ja, was glaubst du denn?« ermunterte sie ihn. »Sag uns doch einfach deine Meinung.«

Wieder sann die Taube nach, diesmal noch ein wenig länger. »Ich glaube, wir sollten mit dem Herzen denken«, meinte sie schließlich, »bei allem, was wir lernen möchten.«

»Genau«, bekräftigte Lydia lächelnd, »das war doch nicht so schwer zu finden, oder?«

Der kleine Vogel strahlte vor Stolz, denn noch nie hatte man ihm Weisheit nachgerühmt. Es war sein Glaube, für den er allgemein bekannt war, sein Glaube daran, daß er eines Tages Zähne bekommen würde – und das war schließlich eine höchst ungewisse Sache.

Aber Ramar glaubte an ihn, und Lydia – na ja, sie hatte niemals gelacht oder gesagt, das sei unmöglich. Sie glaubte daran, daß jede Möglichkeit in Betracht gezogen werden müsse, selbst dann, wenn ihr Verstand ihr sagte, daß es Dinge gab, die niemals eintreten konnten.

Deshalb waren ihr Herz und ihr Verstand für alles aufgeschlossen.

»Ihr müßt aufpassen«, warnte sie ihre Freunde, »daß ihr nicht euer Leben nach dem einrichtet, was andere für richtig halten oder glauben, wenn ihr nicht selbst daran glaubt.«

Um ihrer Meinung Nachdruck zu verleihen, wies sie auf eine Gruppe von Palmen.

»Schaut mal da rüber«, bat sie, »da seht ihr in der Mitte Pastor Schmidt, rechts dahinter Pater Christopherus, glaube ich, und links daneben den hochwürdigen Pfarrer Gutleib. Das sind drei herrliche Beispiele für das, was ich meine.«

Ramar schaute zu den Bäumen hin, auf die Lydia gedeutet hatte, und ihm bot sich ein überraschender Anblick: Da, in der Glut des vor Hitze förmlich dampfenden Dschungels, bewegte sich ein Dreigespann schnatternder Pinguine. Sie liefen geschäftig auf und ab, seufzten und führten eifrig Selbstgespräche. Ramar fand, daß sie hier völlig fehl am Platz seien, diese drei kleinen Gestalten in ihrer steifen Amtstracht; sie wirkten verwirrt und ängstlich – und sie schwitzten am ganzen Leibe.

Er hätte ihnen gern geholfen, aber er fühlte sich selbst unsicher und drängte sich dichter an Lydia heran.

»Auf der Erde nannte man sie ›Gottesstreiter‹«, erklärte Lydia, »und sie hatten sich ganz Gott und der Aufgabe geweiht, die Seelen ihrer Mitmenschen zu retten.«

Ramar war ganz verwirrt und schaute sie fragend an: »Warum haben sie dann solche Angst?« fragte er. »Haben sie jemandem Böses zugefügt oder etwas Schlechtes getan?«

»Nicht absichtlich«, antwortete Lydia. »Sie haben wirklich alles versucht, Gutes zu tun und ihren Mitmenschen zu helfen. Was sie nicht begriffen haben, war, daß Angst kein Mittel sein darf, um Menschen dazu zu bringen, so zu denken wie sie selbst. Man muß den Menschen immer die Freiheit lassen, ihre eigenen Gedanken zu entwickeln und ihren eigenen Glauben zu finden.«

Das leuchtete Ramar sofort ein, aber Lydia versicherte ihm, daß es so einfach nicht sei.

»Das ist eine schwierige Lektion, die wir alle lernen müssen«, sagte sie zu ihm, »aber am schwersten ist es wohl für die Angehörigen der Kirche ... wie Pastor Schmidt und Pfarrer Gutleib.«

»Warum?« fragte Ramar.

Lydia dachte einen Moment nach; ihr fiel keine Antwort ein, die Ramar hätte verstehen können. Schließlich schlug sie ihm vor, selbst mit den Pinguinen zu sprechen und daraus seine Schlüsse zu ziehen, und das tat er.

»Guten Morgen, Pastor Schmidt«, sagte er und stellte sich vor.

Und der Pinguin sagte auch: »Guten Morgen.« Auch Pater Christopherus und Pfarrer Gutleib begrüßten ihn, aber alle drei wirkten nervös und wie aus dem Häuschen.

»Ziemlich warm heute, nicht?« meinte Ramar, und die schwitzenden Pinguine stimmten ihm zu.

»Wirklich sehr heiß«, antworteten sie. »Könnten Sie uns nicht sagen, wo wir hier sind?«

Ramar sagte ihnen, sie seien in die Zwischenwelt gekommen, um über ihr letztes Leben nachzudenken und darüber, was sie aus ihrem Gastspiel auf der Erde gelernt hätten.

»Wollen Sie damit sagen, daß wir gestorben sind«, fragten sie, »und daß dies das Himmelreich ist?«

»Nein«, sagte Ramar, »dies ist nicht der Himmel.«

»Ist es dann die Hölle?« fragten sie und wischten sich große Schweißperlen aus dem Gesicht.

»Nein«, antwortete Ramar, »von den Orten ist mir gar nichts bekannt. Hier ist das jedenfalls nicht, das weiß ich bestimmt.«

An dieser Stelle meldete sich Lydia zu Wort. »Ich fürchte, es gibt keine Hölle« sagte sie ihnen, »denn niemand von uns wird für das bestraft, wie er lebt oder denkt ... nicht einmal für das, was er tut.«

»Aber selbstverständlich gibt es die Hölle«, antworteten die Pinguine wie mit einer Stimme. »Wir alle müssen für unsere Sünden büßen. Das weiß doch jeder.«

»Und woher weiß man das?« fragte Lydia ruhig.

»Es steht in der Heiligen Schrift«, entgegneten sie. »Wir alle müssen nach Gottes Wort leben, oder wir verfallen dem Höllenfeuer, wenn wir sterben. Eine andere Wahl haben wir nicht.«

Lydia hörte aufmerksam zu und lächelte verständnisvoll. »Dann erlaubt mir die Frage, was besser ist«, meinte sie, »etwas zu tun, weil man denkt, es ist richtig, oder weil man denkt, man wird bestraft, wenn man es nicht tut?«

Die Pinguine berieten sich eine Weile, dann nahm Pater Christopherus das Wort: »Wenn man den Menschen die Freiheit läßt zu entscheiden, was richtig für sie ist, dann treffen sie vielleicht nicht die richtige Entscheidung. Darum ist es besser, daß sie wissen, was passieren kann, wenn man den falschen Pfad einschlägt.«

Pastor Schmidt und Pfarrer Gutleib nickten zustimmend.

»So ist es«, bekräftigten sie, »Gott hat einen Plan für jeden einzelnen, und sein Wille geschehe – immer! Er segnet jene, welche seine Gebote halten, und bestraft jene, die ihnen zuwiderhandeln.«

Ramar hatte noch nie etwas über den gehört, den die Pinguine »Gott« nannten, und er fragte, ob er Ihn einmal sehen könne. Die Pinguine belehrten ihn, daß niemand jemals Gott gesehen habe, denn niemand sei dessen würdig. »Nicht einer von uns«, sagten sie.

»Er ist heilig und göttlich«, erläuterte Pater Christopherus.

»Er ist der Schöpfer allen Lebens«, ergänzte Pastor Schmidt.

»Er ist die Liebe«, fügte Pfarrer Gutleib hinzu.

»Das hört sich gar nicht nach Liebe an«, wagte Ramar zu äußern, »Liebe bestraft doch nicht, oder? ... Und Liebe macht doch nicht angst, so daß man selbst nicht zu denken wagt? Das würde Gott doch nicht tun, nicht wahr?«

Und da, als Ramar sprach, huschte ein purpurfarbener Schimmer durch seine Flügel. Ganz schnell hatte sich das abgespielt, aber die Taube sah es, Lydia sah es, und die Pinguine sahen es auch. Und Ramar, auch wenn er selbst es nicht sehen konnte, fühlte die Wärme dieses purpurfarbenen Lichts auf seinen Schultern, einen winzigen Augenblick lang nur ...

Sie alle sahen sich an, und selbst Lydia war verwirrt, denn etwas Derartiges hatte sie niemals erlebt. In all ihren Leben und trotz all ihrer Weisheit nicht. »Das muß etwas damit zu tun haben, warum du hier bist«, sagte sie zu Ramar, »ein Geheimnis, das sich offenbart, wenn du reif dafür bist.«

»Es könnte ein Zeichen Gottes sein«, sagte Pastor Schmidt.

»Oder des Teufels«, sagte Pfarrer Gutleib.

»Ich glaube, es war nur die Hitze, die uns den Blick getrübt hat«, sagte Pater Christopherus.

»Mir ist nicht heiß«, sagte die Taube.

»Mir auch nicht«, sagte Lydia. »Wir fühlen uns ganz wohl in unserem Fell.«

Doch ihr war klar, warum die Pinguine schwitzten, und als sie die drei am Abend wieder sich selbst und ihrem Auf- und Abschreiten unter den Palmen überließen, erklärte sie Ramar und der Taube den Grund.

»Die Pinguine«, sagte sie, »erleiden nun das Schicksal, das sie anderen angekündigt haben, denn sie haben Irrlehren verbreitet. Unsere Seelen können niemals bestraft werden – weder in dieser Welt noch in der anderen. Entweder man wächst durch seine Wahlfreiheit und die Lehren, die man daraus zieht, oder nicht.«

Trotzdem hatte Ramar Mitleid mit den Pinguinen, weil er wußte, wie unglücklich sie waren. »Werden die

Pinguine denn nicht bestraft?« fragte er, denn ihm sah das ganz nach Strafe aus.

»Nein, das scheint nur so«, beruhigte ihn Lydia. »Die Wahrheit ist: Was wir anderen geben, geben wir uns selbst. Wenn wir unseren Mitmenschen Liebe geben, kommt sie um ein Vielfaches zu uns zurück. Wenn wir anderen Schaden zufügen, fällt auch das auf uns zurück, und zwar ebenfalls in verstärkter Form.

Bei den Pinguinen war es so, daß sie als Kirchenvertreter manchmal mehr Schaden als Gutes angerichtet haben, trotz all ihrer guten Absichten. Sie haben den Menschen gesagt, sie müßten sich schuldig und unwürdig fühlen, und damit haben sie sich selbst Leid zugefügt, so daß sie nicht weiterwachsen konnten. Sie haben sogar Gott als herrschsüchtigen Vater dargestellt, der Anbetung fordert und denen mit Strafe droht, die ihm nicht gehorchen ... dadurch haben sie sich Angst statt Liebe geschaffen.«

»Ist es dann falsch, auf die Lehren der Kirche zu hören?« fragte Ramar.

»Nein, überhaupt nicht«, antwortete Lydia. »Ein Funken Wahrheit ist in jeder Kirche und jeder Religion, und wenn die Anhänger dieser Kirche zu dem Licht zurückkehren, aus dem sie gekommen sind, dann finden sie auch die wahre Bedeutung wieder, und das ist gut.«

Ramar dachte eine Weile darüber nach, aber er verstand es nicht.

»Wenn ich eines Tages den Kirchenmännern zuhöre«, sann er nach, »wie weiß ich dann, welche Lehre der Wahrheit am nächsten kommt?«

»Der Wahrheit am nächsten«, antwortete Lydia, »ist die Lehre, die dich Gott am nächsten bringt.«

»Ist Gott nicht für alle dasselbe?« fragte Ramar.

»In gewisser Weise ja«, sagte Lydia, »für einige ist er ›Gott‹. Für andere ›Allah‹. Und für wieder andere ... manche sehen ihn einfach als ›Das Allseiende‹. Namen sind nur dann wichtig, wenn du sie für wichtig hältst.«

Ramar verstand zwar immer noch nicht alles, aber er wußte, daß er es eines Tages verstehen würde, und er schaute die Taube bittend an.

»Mach dir keine unnötigen Gedanken, mein ernsthafter Freund«, sagte die Taube und hob sich in die Luft. »Dein Gefühl wird dir zeigen, wohin du gehen mußt. Alles, was du tun mußt, ist, ihm zu folgen ... und offen zu sein.«

»Und zu glauben?« fragte Ramar mit einem Lächeln.

»Und zu glauben«, gab die Taube zurück. »Ganz besonders an dich selbst.«

FÜNF

RAMAR wollte mehr über Gott erfahren.

Lydia hatte Ihn ihm so gut beschrieben, wie sie es vermochte. Er hatte auch die Pinguine von ihm sprechen hören. Und manchmal glaubte er sogar, er könne Gott in sich spüren. Er war sich dessen natürlich nicht sicher. Er wußte nur, daß Gott der Mittelpunkt von allem sein mußte, was in der Zwischenwelt und in all den Universen war, die sie umgaben.

Er war ein Teil des Ganzen und das Ganze selbst.

Ramar fragte Lydia, ob dem so sei, und sie sagte, es entspräche wohl der Wahrheit. »Wir alle fühlen Gott auf andere Art«, sagte sie, »deshalb kann niemand sagen, wer recht oder unrecht hat oder ob das überhaupt etwas ausmacht. Alles, worauf es ankommt, ist, was er dir bedeutet.«

Ramar schwieg lange.

Er sah Gott eigentlich in überhaupt keiner Lebensform. Gott war weder ein Mensch noch ein Tier, noch ein Gegenstand, und doch war er all dies, irgendwie – Er war alles.

Lydia lächelte, als sie sah, wie sich Ramar in seinen Gedanken verlor. Sie unterbrach ihn leise. »Manchmal sehen wir klarer, wenn wir ein bißchen geschlafen haben«, meinte sie und schlug ihm vor, sich ein wenig auszuruhen.

»Ich glaube, wir sollten uns alle ausruhen«, sagte die Taube und streckte die Flügel – und dann kuschelten sich die drei im Schatten einer Eiche aneinander und schliefen gleich ein.

Nicht einmal der leichte Frühlingsregen oder das Fallen von Eicheln oder das Rascheln der Eichhörnchen, die um sie herum huschten und trippelten, konnten sie in ihrer Ruhe stören.

Ramar war schrecklich müde gewesen und sofort in tiefen Schlaf gesunken, als er die Augen geschlossen hatte; er schlief und ... träumte. Und in seinem Traum lag er unter der riesigen Eiche, aber die Taube und Lydia waren nicht mehr da.

Er wußte nicht, wo sie waren, wußte auch nicht, daß er träumte, und er rief nach ihnen.

Aber niemand antwortete ihm.

Statt dessen erschien ein alter Mann vor ihm, der erste Mensch, den er je gesehen hatte. Der Mann trug ein wollenes Gewand, das an den Ärmeln ausgefranst war, und sein weißes Haar fiel ihm auf die Schultern, und er hatte einen langen weißen Bart. Ramar hätte sein Alter auf Jahrhunderte geschätzt, aber er hielt sich sehr gerade und war sehr beweglich, und in seinen Augen blitzte ein strahlendes Licht auf, wenn er sprach.

»Guten Morgen«, sagte er. »Mein Name ist Bahrue.«

Ramar hatte diesen Namen schon gehört, und er sprang auf die Füße, als der alte Mann näher trat. »Sie haben den Granitfrosch in Stein gehauen!« rief er. »Ich freue mich so, Sie kennenzulernen.«

Bahrue erwiderte sein Lächeln auf das Herzlichste; sie setzten sich und sprachen miteinander wie vertraute Freunde, nicht wie einander Fremde.

»Erinnerst du dich an das, was der graue Frosch gelernt hat?« fragte Bahrue, und Ramar nickte.

»Er hat gelernt, daß jeder von uns seine eigenen Entscheidungen treffen muß«, sagte er, »und daß uns das niemand abnehmen kann, nicht einmal Gott.«

»Genauso ist es«, bestätigte Bahrue, »aber – wer ist Gott, und warum ist er so wichtig?«

»Das weiß ich nicht«, sagte Ramar. »Ich weiß nicht, wer er ist, aber ich glaube, er ist überall, sogar jetzt hier bei uns.«

Bahrue sagte, Ramar fühle das richtig. »Gott ist immer in uns, weil wir immer in ihm sind. Du kannst von ihm ebensowenig getrennt sein wie dein linkes Ohr vom rechten. Was das eine Ohr hört, hört das andere auch. Besonders, wenn man so lange Löffel hat wie du«. Er lachte schallend, pflückte eine Eichel und gab sie Ramar.

»Das Geheimnis Gottes und allen Lebens ist in dieser kleinen Eichel«, sagte er, »und wenn du sie bei dir trägst, wirst du immer daran denken, welches Geheimnis sie birgt, und du wirst wissen, was du tun mußt, wenn du deine Reise zur Erde antrittst.«

»Liegt ein Zauber darin?« fragte Ramar, und seine Augen waren kugelrund vor Staunen.

»In gewisser Weise«, meinte Bahrue, »denn dieses Geheimnis könnte die Welt verändern, wenn die Menschen sich an das erinnern, was ich dir gesagt habe, und wenn sie es verstehen.«

Ramar betrachtete die kleine braune Eichel, und er konnte überhaupt nichts Ungewöhnliches daran finden. Es war einfach nur eine Eichel wie alle anderen, die am Boden lagen. »Könntest du mir das Geheimnis verraten?« bat er Bahrue, und Bahrue versprach es ihm.

»Aber zunächst einmal brauche ich einen Stock«, sagte er, »damit ich dir ein Bild aufzeichnen kann.«

Ramar huschte hurtig in die Büsche und kam gleich darauf mit einem starken Eichenzweig zurück, den er Bahrue erwartungsvoll zu Füßen legte.

»Danke«, sagte Bahrue, »das ist genau, was ich brauche.«

Unter Ramars gespanntem Blick zeichnete der alte Meister einen Baum auf den Boden, der genauso aussah wie der, unter dem sie selbst saßen: eine riesige Eiche. Ihre Krone schien bis zum Himmel zu reichen, und an ihren Zweigen hingen die Blätter so dicht, daß alles und jedermann darunter Schutz finden konnte.

Als er damit fertig war, zeichnete Bahrue die Wurzeln des Baumes, und die reichten so tief ins Erdreich hinein wie die Krone gen Himmel.

Es war eine beeindruckende Zeichnung, und dabei skizzierte Bahrue mit so leichter Hand und so spontan, daß der Stock Bestandteil seiner Hand zu sein

schien, mit der er seiner Liebe zu seiner Kunst Ausdruck verlieh.

»Da«, sagte Bahrue schließlich, »jetzt habe ich dir ein Bild von Gott gezeichnet, vielleicht das beste, das ich je schaffen konnte.« Dann lächelte er zufrieden und legte den Stock nieder.

Ramar betrachtete die riesige Eiche, die Bahrue für ihn gezeichnet hatte.

»Ist Gott denn ein Baum?« fragte er.

»Sagen wir, Gott ist wie ein Baum«, gab Bahrue zurück, »und alle Lebewesen sind ein Teil davon. Du, ich, wir alle. Jeder, der jemals geboren wurde und geboren wird.«

Ramar sah die Zeichnung mit seiner ganzen Aufmerksamkeit an. »Wohin gehören wir?« fragte er.

»Wir sind die Blätter«, erklärte Bahrue, »und jedesmal, wenn wir geboren werden, sind wir ein Blatt an einem Zweig des Baumes und bleiben dort unser Leben lang. Einige suchen sich ihren Platz ganz oben in der Krone des Baumes aus, andere wachsen tiefer unten, aber wo auch immer wir sind, erfahren wir das Leben aus einem anderen Blickwinkel als alle anderen im Universum und in allen unseren früheren Leben. Deshalb ist jedes einzelne Leben so wertvoll und einmalig.«

»Weiß Gott, daß wir da sind?« fragte Ramar.

»Da Gott das Allseiende ist, weiß er, daß wir alle ein Teil von ihm sind«, sagte Bahrue, »genau so, wie du weißt, daß deine Finger zu deiner Hand gehören.

Woran du immer denken mußt, ist, daß Gott genauso ein Teil von dir ist, wie wir alle Teile der anderen sind. Niemand ist von den anderen getrennt oder allein.«

»Aber warum leben wir auf der Erde?« fragte Ramar. »Und warum müssen wir immer wieder zurück?«

»Wir gehen zurück, um Gott unser Wissen zu bringen«, sagte Bahrue. »Jedes Blatt bringt dem Baum Wissen, denn es erfährt das Leben aus seinem eigenen besonderen Blickwinkel. Denn was das Blatt sieht, sieht der Baum, und was das Blatt fühlt, fühlt der Baum ebenfalls.

Was also ein Mensch sieht und fühlt, sieht und fühlt auch Gott, und deshalb leben wir. Wir bringen Gott alles dar, was wir im Leben lernen, und Gott lernt durch uns.«

»Und warum sterben wir?«

Bahrue sah auf seine Zeichnung hinab und kniff dann einen Moment die Augen zusammen – und wie durch einen Zauber fielen alle Blätter von seinem Baum, hierhin das eine, dorthin ein anderes. Immer mehr Blätter fielen unter Ramars staunendem Blick.

»Wir sterben, wenn unsere Jahreszeit herum ist«, sagte Bahrue, »so, wie die Blätter fallen müssen, wenn der Winter kommt.«

»Um dann wieder neu geboren zu werden?« fragte Ramar.

»Ja«, sagte Bahrue, »so, wie der Baum wieder neue Blätter treibt.«

Der ehrwürdige alte Mann beugte sich vor, nahm

den Stock wieder auf und wies damit auf seine Zeichnung: »Jedes Blatt, das stirbt, wird Teil der Erde und dann erneut Teil des Baumes. Wenn es dann eines Tages weiß, daß es soweit ist, erscheint es wieder – um das Leben von einem anderen Zweig und aus einem anderen Blickwinkel zu betrachten als vorher.«

»Und geht das immer so weiter?« wollte Ramar wissen; Bahrue schüttelte mit einem Lächeln den Kopf.

»Ganz so ist es nicht«, antwortete er. »Eines Tages, wenn das Blatt alles gelernt hat, was es lernen kann, verwandelt es sich in eine Eichel und wird selbst zum Baum, mit eigenen Wurzeln und Zweigen und Blättern.«

Als Ramar erwachte, klang Bahrues Stimme noch wie ein Echo in ihm nach, und er wünschte, daß der alte Mann bei ihm bliebe, und sei es nur für einen ganz kurzen Augenblick, auf ein Wort noch. Aber er wußte, daß Bahrue verschwunden war, und so öffnete er die Augen und blinzelte im hellen Morgenlicht. Dann sah er, daß sich auch die Taube und Lydia schon regten.

Im Schlaf war ihm eine Eichel zwischen die Pfoten gefallen, und er nahm sie als Geschenk seines altehrwürdigen Freundes. Er wußte nicht, ob es wirklich so war. Er wußte nur, daß sie sich warm anfühlte – wie angefüllt mit Liebe, mit Weisheit und Verstehen.

Er drückte sie einen Augenblick an sich und nahm ihre Wärme in sich auf. Dann hoppelte er zur Wiese, fort von den Bäumen, und dort, auf einem sanft abfallenden Hügel, wo niemand ihn sah, begrub er sein Geschenk in der weichen braunen Erde.

Niemand wußte davon – außer ihm und Bahrue.

SECHS

Es ist schwer, in der Zwischenwelt die Zeit zu messen, deshalb weiß niemand, wie lange Ramar, Lydia und die Taube miteinander auf Entdeckungsreisen waren und miteinander lernten. Einige sagen, es waren nur wenige Augenblicke nach irdischer Zeitrechnung; andere wiederum glauben, es waren Hunderte von Jahren oder mehr.

Ich für mein Teil glaube, das ist nicht wichtig, außer für die Leute, die großes Gewicht auf Zahlen legen.

Aber ob es nun Augenblicke oder Jahrhunderte waren, ich erinnere mich daran, daß ich die drei nicht jeden Tag zu sehen bekam, doch jedesmal, wenn ich sie sah, schien es mir, daß Ramar noch weiser und nachdenklicher geworden war. Aber er spielte immer noch gerne, und manchmal, wenn er über die Wiese davonjagte, sahen die Taube und Lydia ihm nach wie liebevolle Eltern ihrem Kind.

Auch andere sahen ihm zu, und manchmal hielt er im Lauf inne und sprach kurz mit ihnen. Er wußte, daß jedes Lebewesen, dem er begegnete, Erfahrungen gesammelt hatte, aus denen er lernen konnte – Lektionen aus ihren Erdenleben.

So traf er einen Schwan, der nicht schwimmen konnte, einen Schmetterling mit ganz weißen Flügeln und ein Schwein, in dessen Fuß ein winziges Licht glühte. Und er lernte, sie alle zu lieben.

Der Schwan hieß Yolanda. Yolandas Vater hatte seiner Tochter den Namen schon gegeben, bevor sie geboren wurde. »Er hat gesagt, ich sei die einzige Blume in seinem Garten.« Sie lächelte. »Ich habe alles getan, um ihm zu gefallen.«

»Hast du damit dein Leben verbracht?« fragte Ramar, aber sie antwortete nicht. Es war klar, daß ihre Erinnerungen, so weit zurück sie auch liegen mochten, immer noch schmerzlich und enttäuschend waren.

Schließlich erzählte sie ihre Geschichte mit leiser, wehmütiger Stimme.

»Mein Vater war Lehrer«, sagte sie, »und ein wunderbarer, warmherziger, mitfühlender Mann. Ich wollte, daß er mich liebte und stolz auf mich wäre, deshalb tat ich, was er von mir verlangte, und trat in seine Fußstapfen.«

»Du bist auch Lehrerin geworden?« fragte Ramar.

»Fast mein ganzes Leben lang«, antwortete Yolanda, »habe ich Schüler unterrichtet. Aber eigentlich hatte ich Ballettänzerin werden wollen, und als junges Mädchen tanzte ich von morgens bis abends, jeden Tag. Es war die glücklichste Zeit meines Lebens ... aber dann sagte mein Vater, das sei alles nur ein Traum und würde nie mehr sein.«

»Und deshalb wurde es nie mehr«, stellte Ramar fest.

»Ich hörte damit auf«, antwortete Yolanda. »Zudem«, fuhr sie fort, »war mein Tanzen nur für mich wichtig, aber das Unterrichten war wichtig für andere.

Für meinen Vater. Für die Kinder. Es war besser, daß ich mich dafür entschieden habe.«

Ramar dachte noch lange über diese Begegnung mit Yolanda nach, und eines Tages, als er mit Lydia und der Taube unterwegs war, sah er sie am Flußufer; dort saß sie ganz allein in der Sonne.

»Können nicht alle Schwäne schwimmen?« fragte er Lydia, und Lydia bestätigte das.

»Soweit ich weiß jedenfalls«, fügte sie hinzu, »weil sich so viele Dinge in der Zwischenwelt ändern, daß man nie sicher sein kann.«

»Ich weiß, daß Yolanda nicht schwimmen kann«, sagte Ramar und nickte seiner Freundin am Fluß zu, »und dabei ist sie der anmutigste Schwan, den ich je gesehen habe.«

Und das stimmte. Yolanda war von derselben natürlichen Anmut wie alle Lebewesen in Ramars Welt, und er wünschte, er könnte ihr helfen, glücklich zu werden.

»Mach dir um sie keine Sorgen«, sagte Lydia. »Sie wird sich bald daran erinnern, daß wir alle mit besonderen Talenten und Begabungen geboren werden. Viele kommen mit vielen solcher Begabungen auf die Welt, andere nur mit einer. Worauf es ankommt, ist, sie auch zu nutzen. Sonst verliert man sie – wie ein Schwan, der nicht mehr weiß, wie man schwimmt.«

»Aber ist es nicht wichtiger, zu unterrichten als zu tanzen?« fragte Ramar, und Lydia schüttelte den Kopf.

»Keins von beiden ist wichtiger«, sagte sie, »denn Wissen ist Nahrung für den Verstand, und Tanzen ist Nahrung für die Seele – und wir müssen beiden Nahrung geben.«

Daran hatte Ramar nicht gedacht. Er hatte nur an Yolanda gedacht und wie sehr sie ihrem Vater hatte gefallen wollen. »Ist es dann falsch, wenn man auf seine Eltern hört? Und wenn man das tut, was sie einem sagen?«

»Natürlich nicht«, sagte Lydia, »solange wir Kinder sind und ihre Führung brauchen. Es ist nur falsch, wenn wir andere, sogar unsere Eltern, entscheiden lassen, was wir mit unserem Leben anfangen sollen, wenn wir erwachsen sind. Nur wir selbst können entscheiden, was für uns richtig ist.«

»Und daß sie uns lieben, spielt das keine Rolle?« fragte Ramar.

»Liebe ist immer wichtig«, antwortete Lydia, »aber unsere Kinder zu lieben bedeutet nicht, sie zu besitzen. Man muß sie eines Tages freigeben, damit sie selbständig denken und fühlen und Entscheidungen treffen können, so wie du dich für das entscheiden mußt, was das beste für dich ist. Alle Menschen wissen das – sie vergessen es nur.«

Von all den Dingen, die Ramar über das Leben lernte, schien die Entscheidungsfreiheit das wichtigste zu sein. In immer wieder neuer Form hatte er diese Lektion von dem grauen Granitfrosch, von den Pinguinen, von Yolanda und Lydia gelernt.

»Wie weiß ich denn, daß ich immer die richtige Entscheidung treffe?« fragte er, und Lydia erklärte ihm, daß dies sicher nicht immer möglich sei.

»Alles, was du tun kannst«, sagte sie, »ist, das zu tun, was du für richtig hältst.«

»Und wenn andere damit nicht einverstanden sind?« wollte Ramar wissen.

»Dann höre ihnen zu und denke darüber nach, was sie sagen.«

»Und wenn sie mich auslachen?«

»Hör nicht auf sie«, riet sie.

»Und wenn ich etwas falsch mache?«

»Dann lernst du aus deinen Fehlern, wie aus allen Erfahrungen, aus guten und schlechten.«

»Aber es muß doch Regeln geben«, rief Ramar, »irgend etwas, wonach wir uns richten können.«

»Worauf es ankommt«, antwortete Lydia, »ist, daß du daran denkst, daß alles, was du anderen gibst, zu dir zurückkommt. Wenn du jemanden verletzt oder etwas nimmst, was dir nicht gehört, kommt auch das zu dir zurück – um ein Vielfaches.«

»Und wenn ich anderen helfe?« fragt Ramar.

»Dann kommt auch das verstärkt zu dir zurück.«

»Dann darf ich also nur Gutes tun?« fragte Ramar, und Lydia schwieg eine Weile und lächelte ihn nachdenklich an.

»Das ist eine Frage, die nur du selbst beantworten kannst, denn du kannst nur wachsen, wenn du deine eigenen Entscheidungen triffst.«

»Es gibt keine Regeln?«

»Nein.«

»Und ich werde auch nicht bestraft?«

»Du wirst auch nicht bestraft«, bekräftigte Lydia, »ganz gleich, was du tust.«

Ramar schaute die Taube an, um auch von ihr eine Bestätigung für diese Lehre zu bekommen. Er hatte das Gefühl, daß eine so wichtige Wahrheit wie diese nicht so einfach sein konnte. Sie erschien ihm viel zu einfach.

»Alle Wahrheiten sind einfach«, sagte die Taube, »erst wenn wir anfangen, daran zu drehen, fangen die Mißverständnisse an.«

»Und die Wahrheit ist«, ergänzte Lydia, »daß alles, was wir im Leben denken, fühlen und tun, uns entweder hilft zu wachsen oder uns zurückwirft.

Die Entscheidung liegt immer bei dir«, sagte sie zu Ramar, »selbst wenn es den Anschein hat, als wäre dem nicht so. Wenn du dich anderen in Liebe, verständnisvoll und mitfühlend zuwendest, wächst deine Seele. Es ist wie ein Licht, das heller wird. Wenn du versuchst, andere zu verletzen oder ihnen deine Meinung aufzuzwingen, oder wenn du sie bestiehlst, dann setzt du dich selbst herab, und dein Licht glimmt nur noch schwach.«

»Kann es ganz ausgehen?« fragte Ramar ängstlich, und Lydia erklärte, daß alle Menschen und alle Tiere einen Funken Licht in sich trügen, der ein Teil Gottes sei – dieses Licht sei ihr göttliches Selbst.

»Dieses Göttliche ist immer da«, sagte sie, »selbst dann, wenn du oder andere es nicht sehen oder fühlen können. Es gehört zu jedem Menschen, selbst dann, wenn es dir scheint, daß niemand dich liebhat, oder wenn du etwas Grausames oder Unwürdiges tust. Das Licht ist dennoch da; seine Liebe spendet dir Wärme, und es geleitet dich, wenn du es in dir leuchten läßt.«

Auch die Taube wußte das, und sie wies Ramar an, das kleine schwarze Schwein am Ende der Straße genau anzusehen, wie es sich im Schlamm suhlte. »Siehst du das Licht?« Damit wies der kleine Vogel auf den Hinterfuß des Schweins. Und es stimmte. Ramar sah es genau.

Als sich das Schwein herumdrehte und der Schatten richtig fiel, konnte Ramar einen Funken Licht ausmachen; ganz winzig flackerte es auf am Hinterfuß des Schweins, wie eine Kerze, die in der Dunkelheit scheint. Und als Ramar dies sah, wurde ihm zugleich bewußt, daß das Schwein es wahrscheinlich nie selbst gesehen hatte – nicht ein einziges Mal in all seinen Erdenleben.

»Wir sehen unser eigenes Licht nie«, sagte die Taube, »denn es ist zu tief verborgen in uns.«

»Aber andere können es vielleicht sehen«, ergänzte Lydia, »manchmal, wenn man mit den Augen der Liebe sieht. Es scheint in der Hand, die sich helfend ausstreckt. In einem Herzen, das nicht aufgeben will. Fast bei allen von uns zeigt es sich gelegentlich – gerade oft genug und lange genug, damit wir wieder an unseren Glauben und an die göttliche Verheißung erinnert werden.«

Ramar wußte inzwischen ein bißchen davon, was Glaube war, wenn auch nicht viel. Er wußte, daß die Taube glaubte, sie würde eines Tages Zähne bekommen und eine Lachtaube werden, auch wenn alle daran zweifelten. Er war nicht einmal sicher, ob die Taube selber fest daran glaubte, aber Ramar glaubte daran. Er glaubte es mit der ganzen Kraft der Liebe und des Lichts, die in ihm war.

SIEBEN

UNERMÜDLICH wob Ramar alles, was er gelernt hatte, in ein großes Muster ein – jede Idee und jede Antwort und all seine Erfahrungen und Gefühle. Er verwob so Faden um Faden ineinander und umeinander, bis sie einen Teppich der Wahrheit ergaben, der mit jedem Tag deutlichere Formen annahm.

Es war auch so, daß seine Flügel in dem Maße wuchsen, in dem sein Geist es besser verstand, die richtigen Fragen zu stellen und offen für die Antworten zu werden. Lydia schien es, daß eine Verbindung zwischen seinen wachsenden Flügeln und dem bestand, was er lernte; als wären sie ein Maßstab für seinen Lernprozeß und zeigten an, was er über das Leben erkannt hatte.

Sie war sich dessen nicht sicher, denn sie hatte noch nie einen Hasen mit Flügeln gekannt, aber die Taube fühlte es ja auch. Ohne zu wissen, warum, glaubten sie, daß Ramar so etwas wie ein Geschenk sei – nicht nur für sie oder die Bewohner der Zwischenwelt.

Ramar war ein Geschenk für alle – für jede Seele, jeden Menschen und für alle Welten, in denen wir leben.

Es war nicht wichtig, wie das angehen konnte. Es war nicht wichtig, warum dem so war. Wichtig für Lydia und die Taube war, daß sie einfach akzeptierten, was er ihnen bedeutete und sie ihm. Deshalb fragten sie nicht mehr nach dem Warum; sie wollten es gar nicht wissen.

Lydia wußte, daß sie mit dem Gefühl manchmal die einfachen Wahrheiten erkennen konnte, selbst wenn ihr Verstand dazu nicht imstande war, und das sagte sie Ramar.

»Denke immer daran«, bat sie ihn, »daß du überall Wissen erlangen kannst, von allem, was du siehst und hörst und erfährst, und von allem, was du fühlst.«

»Was ist denn das Wichtigste, das ich lernen muß?« fragte Ramar. »Wonach soll ich suchen?«

»Ich kann dir diese Frage nicht beantworten«, sagte Lydia, »aber ich glaube, daß diejenigen Weisheit erlangen, die es lernen, mit ihrem Verstand zu fühlen und mit ihrem Herzen zu denken. Es ist das harmonische Zusammenklingen von Liebe und Verstand, aus dem wir am meisten lernen.«

Die Taube hätte gerne für alle sichtbar gelächelt, wenn sie es gekonnt hätte. Denn das ›Denken mit dem Herzen‹ war doch eigentlich ihre Idee gewesen, erinnerte sie sich, ein bißchen wenigstens.

Auch Lydia erinnerte sich daran und lächelte: »Wir alle haben die Kraft, wenn wir es wollen, zu suchen und zu denken und alles abzuwägen«, sagte sie, »jeder einzelne von uns.«

Das bedeutete, die Taube konnte es genauso wie Ramar. Und Ramar so wie sie. Und sie so wie Bahrue.

»Eine Schildkröte kann lernen, ihren Panzer abzulegen«, sagte sie, »und ein Schwan, der vergessen hat, wie man schwimmt, kann es wieder lernen. Und sogar ein Pinguin kann helfen, statt zu hindern, wenn er seinem Herzen folgt.

Und das beste daran«, fuhr sie fort, »wir müssen nicht einmal jede Lektion durch ein Erdenleben lernen, wir können sie von anderen um uns lernen.«

In diesem Augenblick flatterte ein Schwarm von Schmetterlingen um Lydias Kopf, als hätte sie diese herbeigerufen. In allen Farben schillernd tanzten sie in der Sommersonne. Nur einer flog ganz für sich allein – ein wunderhübscher Schmetterling mit großen weißen Flügeln. Die drei beobachteten ihn. Er berührte ganz kurz und ganz leicht Ramars Nase, dann flog er genau zwischen seine Löffel und ließ sich dort nieder.

Ramar drehte ganz vorsichtig den Kopf, um ihn nicht zu erschrecken, und die Taube und Lydia schauten ihn verwundert an.

»Sieht aus wie eine Krone«, flüsterte die Taube.

»Es ist eine Krone«, sagte Lydia. »Eine Schmetterlingskrone.«

Und dann brachen sie alle in schallendes Gelächter aus. Die Schmetterlinge verschwanden so lautlos und schnell, wie sie gekommen waren – außer dem einen, der aussah wie Ramars Krone. Er blieb dort zwischen seinen Löffeln sitzen; ganz still war er und bewegte sich kaum.

»Wer bist du?« frage Ramar und strengte sich mächtig an, ihn zu sehen.

»Mein Name ist nicht wichtig«, antwortete der Schmetterling, »aber du kannst mich Leonardo nennen.«

»Darf ich dich fragen, was du auf meinem Kopf machst?« fragte Ramar, und während Leonardo antwortete, bewegte er sich zu Ramars Stirn hin, an eine Stelle mitten über seinen Augen.

»Ich bin gekommen, um dich etwas zu lehren«, sagte er. »Du mußt nur die Augen schließen und dich auf die Stelle konzentrieren, an der ich sitze.«

Und noch bevor Ramar etwas erwidern konnte, spürte er Leonardos Berührung wie einen elektrischen Strom, und die Stelle, wo er sich niedergelassen hatte, wurde zu einem Auge, zu einem Fenster, durch das Ramars Geist hindurchsehen konnte.

»Jetzt konzentriere dich«, forderte Leonardo ihn mit sanfter Stimme auf, »dann siehst du die Erde.«

Zunächst sah Ramar den Himmel, und der Himmel war blau, wie er ihn stets gesehen hatte. Dann sah er Wolken am Himmel, und die waren ebenfalls blau. Dann sah er die Erde, wie sie sich unter den Wolken in ihrer Bahn bewegte – blau auch sie – ebenso die Bäume, die Meere, das Land und alles Leben, das dort bestand. Alles in eine Farbe gekleidet. Kein Violett. Kein Grün. Kein Gelb oder Braun.

»Schau weiter hin«, forderte Leonardo, und Ramar hielt die Augen geschlossen, damit das Bild nicht verschwand. Schließlich nahm alles wieder die Farbe an, die ihm eigen war. Die Wolken wurden wieder weiß wie Schnee in den Bergen, die Berge braun und grün. Und alle Tiere wurden wieder so, wie Ramar sie aus der Zwischenwelt kannte: Das Rotkehlchen rot. Der Elefant grau. Die Eidechse blau und gelb.

Dann bat Leonardo Ramar, die Menschen anzuschauen und zu beschreiben, was er sah, und Ramar ließ seinen Blick von einem Menschen zum anderen gleiten, von Ort zu Ort. Langsam. Ruhig. Er nahm alles in sich auf.

»Auch sie haben unterschiedliche Farben«, sagte Ramar dann. »Einige haben eine braune Haut, andere eine rote, und wieder andere sind weiß oder gelb.«

»Und ihr Haar?« frage Leonardo. »Haben sie alle die gleiche Haarfarbe – oder etwa die gleiche Farbe der Augen?«

»Nein«, sagte Ramar, »die sind auch unterschiedlich.«

»Und jetzt«, sagte Leonardo, »schau in die Herzen der Menschen hinein, wenn du kannst, und denke, wie sie denken, und fühle, wie sie fühlen.«

Ramar wußte nicht gleich, wie er das machen sollte, aber er schloß die Augen und stellte es sich vor, und als er das tat, strömte Bild um Bild durch sein Inneres – wie Splitter von Träumen, die kamen und gingen, ohne daß er sie festhalten konnte. Diese Träume waren nicht seine Träume, und die Gedanken waren nicht seine Gedanken, und er hörte Worte, wie er sie nie gehört hatte.

»Siehst du«, sagte Leonardo, »es gibt nicht zwei Menschen, die ganz genau gleich aussehen oder denken oder fühlen, nicht einmal in der Art, wie sie miteinander reden. Jeder ist anders; nicht so, wie sich der Fels vom Fluß unterscheidet, aber doch so wie Apfel und Birne verschieden sind und der Löwe und der Leopard.

All diese Farben und all dieses Leben und all die Menschen machen die Welt aus, die du eines Tages kennenlernen wirst – eines Tages, wenn du selbst ein Mensch wirst.«

»Werde ich mich an all das erinnern, wenn ich ein Mensch bin?« fragte Ramar.

»Nein ... jedenfalls nicht mit deinem Verstand«, sagte Leonardo und streckte seine Flügel, als wollte er zum Abflug starten. »Aber du wirst dich mit dem Herzen erinnern. Wenn man seinem Herzen zuhört, wird es einem immer sagen, was die Seele als wahr erkennt.«

»Und hören die Menschen ihm zu?« fragte Ramar.

»Einige«, antwortete Leonardo. »Hier und da gibt es einige. Dichter meist und manchmal Philosophen. Aber nicht viele.«

Darauf dachte er einen Augenblick nach.

»Und dann«, fuhr er fort, »sind da noch die Menschen, die sich ihr kindliches Ich bis ins Erwachsenenalter hinein bewahren, und wenn sie vor schwierigen Fragen stehen und nicht wissen, was sie tun sollen, dann suchen sie dort zuerst nach Antworten – in ihrem eigenen Innern.«

»Aber muß man nicht auch den Verstand nutzen, ebenso wie das Herz?«

»Aber ja«, sagte Leonardo. »Wir alle müssen denken, deshalb haben wir ja unseren Verstand. Damit wägen wir ab, berechnen Möglichkeiten und schaffen Ideen, so gewinnen wir Wissen über die Welt um uns. Aber wie Lydia dir schon gesagt hat, es ist wichtig, auch auf das Herz und die innere Stimme zu lauschen; denn so kannst du dich an das erinnern, was dein Verstand nicht sehen oder hören kann.«

Ramar konnte die Weisheit in Leonardos Stimme spüren und die Wärme seiner Seele.

Und er spürte diese warme Herzlichkeit überall, in jedem einzelnen. Lydia hatte sie und die Taube. Sie gehörte auch zu Bahrue und Leonardo, zu Yolanda und Micah, ja, selbst manchmal zu den Pinguinen, wenn sie nicht von Angst und Sorgen überlagert war.

»Woher kommen die Gefühle?« fragte Ramar. »Ich meine diese Wärme.«

»Aus dem Lichtfunken«, erinnerte Leonardo ihn. »Dieser göttliche Teil in uns, der uns so wertvoll macht, ist die Liebe, und Liebe ist der Kern von allem, was ist. Sie ist schöpferisch. Sie inspiriert. Sie lehrt dich. Sie nimmt alles hin. Sie heilt und verzeiht, sie ...«

»Sie gibt auch Wärme«, fiel Ramar ein.

»O ja, auch Wärme«, lächelte Leonardo, »weil ihre Energie die Quelle des Lebens ist. Wir leben aus der Liebe.«

»Und gibt es auch Farben der Liebe?« fragte Ramar.

»Die Liebe hat so viele Farben, wie ein Jahrhundert Minuten hat«, antwortete Leonardo, »mit immer neuen Schattierungen und Nuancen. Du und ich könnten sie niemals alle kennen oder zählen, auch Lydia und die Taube nicht, ja, niemand in allen Welten.«

Lydia nickte zustimmend: »Die Liebe zu verstehen bedeutet, alles zu verstehen, und das ist bisher niemandem je gelungen.«

»Die Liebe ist ein Geheimnis«, sagte Leonardo, »und ein Geheimnis muß man nicht erklären. Es ist einfach. Wir müssen nur wissen, daß die Liebe immer da ist – in uns.«

Und damit verließ Leonardo die Stelle an Ramars Stirn und landete federleicht auf einer roten Blüte neben ihm. Von dort aus sah er ihn forschend an: »Was hast du aus den Bildern gelernt, die du eben gesehen hast?« fragte er. »Gibt es da ... irgend etwas, was dir besonders wichtig erscheint?«

Aber darauf hatte Ramar keine Antwort: »Eigentlich nicht.«

Er wußte nur, daß alles und jedermann – ganz gleich, ob Mensch, Vogel oder Baum – in verschiedenen Farben geschaffen ist, und daß all diese Farben zusammengenommen das Gesicht und die Hände und die Füße Gottes ergeben.

»Das ist es«, sagte er zu Leonardo. »Entscheidend ist nicht das Gemeinsame, entscheidend sind die Unterschiede und wie sie sich zusammenfügen.«

»Du meinst, jeder Vogel ist anders als der andere?« fragte Leonardo.

»Ja.« Ramar lachte. »Jeder Vogel ist anders als der andere, jeder Hase, sogar jeder Schmetterling. Jeder von uns ist einmalig, wenn nicht in unserem Aussehen und unseren Gefühlen, dann aber doch in der Art, wie wir denken.«

Leonardo war sehr beeindruckt: »Und was schließt du daraus?« fragte er.

Ramar wägte seine Worte sorgfältig ab: »Ich schließe daraus, daß ich mir immer ein Gefühl für die Schönheit anderer bewahren sollte und daß ich allen zuhören sollte, wenn sie mit mir sprechen, und offen für das sein sollte, was sie mir zu sagen haben.«

»Und was noch?« fragte Leonardo.

»Ich habe auch gelernt, daß mein Weg nicht ihr Weg sein muß und ihr Weg nicht mein Weg«, sagte Ramar. »Wir alle haben Begabungen, die nur uns eigen sind, und je mehr wir sie mit anderen teilen, um so größer werden sie.«

Leonardo unterbrach ihn: »Hast du all das gerade jetzt gelernt?« fragte er. »Allein von dem, was du ... gesehen hast?«

»Nicht ganz«, sagte Ramar. »Einiges habe ich von Lydia gelernt und einiges von der Taube und von Micah und Yolanda. Und einiges haben mich die Pinguine gelehrt und Bahrue und der graue Granitfrosch. Es scheint mir, man kann einfach überall lernen, wenn man sich die Zeit nimmt, zuzuhören und nachzudenken und es sich einzuprägen.«

Die Taube und Lydia wechselten einen stolzen Blick. »Unser kleiner Hasenfreund wird weise«, sagte Lydia, »und er spricht Wahrheiten aus, die sogar alte Seelen irgendwie verloren oder vergessen haben – und Wahrheiten, die einige nie gekannt haben.«

In ihrer Stimme klang Liebe an, als sie von Ramar sprach, und auch eine Spur von Traurigkeit. Sie spürte, daß er eines Tages – vielleicht schon sehr bald – die Zwischenwelt verlassen würde. Sie wußte nicht eigentlich, wie oder warum oder wann; sie wußte nur, daß der Zeitpunkt heranrückte.

Sie wandte sich an Leonardo, der immer noch auf der Blüte saß: »Wie ist das mit Ramars Flügeln?« fragte sie. »Weißt du, was es damit auf sich hat?«

Leonardo verneinte das; auf all seinen Reisen und in all seinen Leben und im ganzen angesammelten Schatz seiner Erfahrungen hatte er niemals einen Hasen mit Flügeln gesehen oder von einem gehört. Noch hatte er jemals einen Hasen wie Ramar getroffen, nicht einmal ohne Flügel.

Ramar war einzigartig, so wie er war. Es gab keinen, der ihm ähnlich war.

Ramar selbst hörte gar nicht, was sie sprachen – nichts von dem, was sie über ihn sagten oder wie sie für ihn fühlten. Er war in Gedanken noch mit den Farben beschäftigt, die er gesehen hatte. Er wußte, daß jedes Lebewesen, jedes Ding, sogar jeder Gedanke und jedes Gefühl wie ein bunter Faden war, den er in seinen Teppich der Wahrheit – und des Lebens – hineinweben mußte.

Er dachte sie sich als ›Farben der Liebe‹, und er wußte, daß es in all den Welten, die er noch bereisen würde, für jede einzelne Farbe einen ihr gemäßen Platz geben würde. Jedes Lebewesen gehörte irgendwohin. Jeder Gedanke hatte seine Gültigkeit. Jedes Gefühl. Jede Entscheidung. Jede Farbe. Nichts und niemand stand für sich allein.

Er wußte auch, daß er als Mensch die Freiheit haben würde, selbst zu denken und eigene Enscheidungen zu treffen, denn nur so könnte er wachsen. Wenn er ein besonderes Schicksal haben sollte, dachte er, dann müßte es die Suche nach der Wahrheit sein, wie für alle, die mit offenem Herzen und aufgeschlossenem Verstand leben. Und er versprach sich selbst, daß er, so gut er nur konnte, mit Herz und Verstand zuhören würde – heute, morgen, immer.

In diesem Moment, als er sich dieses Versprechen gab, spürte er ein seltsames Flattern im Magen, wie er es noch nie gespürt hatte. Zuerst war es nur ganz leicht, und er bemerkte es kaum. Aber dann wurde es stärker, reichte bis zur Brust hinauf, dann bis zum Kopf, dann bis zu den Flügeln – und je höher es stieg, desto stärker wurde es.

Wieder spürte er etwas wie einen elektrischen Strom – eine ganz eigenartige Energie –, und selbst Lydia und die Taube und Leonardo sahen und hörten, wie es in Ramars Flügeln knisterte und wie sie leise schwangen.

Auch andere spürten es und eilten herbei, einige zu zweit, andere zu dritt, wieder andere allein, und sie sahen mit Staunen, wie Ramars hauchfeine Schwingen plötzlich in allen Regenbogenfarben erstrahlten – in hellen, weithin leuchtenden Farben. Rot gab es. Und es gab Grüntöne. Blaue Schattierungen. Ein zartes Violett. Nichts gab es auf der ganzen Welt, was sich mit dieser Schönheit messen konnte.

Und auch Ramar selbst war anders. Er hatte jetzt etwas Erhabenes an sich – eine Weisheit und eine Wärme, dachten einige, die er früher nicht gehabt hatte. Sie sahen es in seinem Blick, wenn er sie anschaute, und hörten es am Klang seiner Stimme, wenn er sprach.

»Was ist geschehen?« fragte er und versuchte, in den Gesichtern um ihn herum zu lesen, aber niemand konnte es ihm sagen. Nicht Lydia, nicht die Taube. Keiner.

»Niemand von uns weiß das«, sagten sie, »das geht über unseren Horizont. Wir können nur staunen und darauf warten, daß es irgendwann einmal eine Antwort gibt. Genau wie du.«

Mehr konnten sie nicht sagen.

ACHT

Die Nachricht über Ramars Wandlung verbreitete sich in Windeseile in der Zwischenwelt, und bald hatten es alle gehört. Einige glaubten es und andere nicht.

»Das ist Teufelswerk«, sagten die Pinguine, »ein Hase mit Regenbogenflügeln ...« Und dann nickten sie und besprachen sich miteinander, und dabei schwitzten sie mehr denn je.

»Das ist doch nur ein Trick«, äußerten andere. »Und falscher Schein«, wollten andere wissen.

Aber alle, die Ramar kannten, meldeten weder Fragen noch Zweifel an ... nicht eine Sekunde lang. Sie wußten, seine Schwingen waren echt, gehörten zu ihm und glühten mit allen Farben des Universums – mit Wärme, mit Liebe, mit Mitgefühl und Verständnis.

Und hatten diejenigen, die ihn liebten, dennoch Fragen nach dem Warum seiner Flügel, so war die Liebe ihnen doch Antwort genug. Sie standen um ihn herum und berührten seine Schwingen so vorsichtig, als seien sie etwas Heiliges. Und durch diese Berührung wurde auch ihnen ein wenig Wissen zuteil und das Gefühl, mit etwas verbunden zu sein, das größer war als sie selbst und als das, was sie waren, bevor Ramar gekommen war.

Ramar verstand ihr Sehnen, und er ging mit allen Tieren, die gekommen waren, um ihn zu sehen, und er teilte ihre Freude und alles, was sie in ihren Leben gelernt hatten, und er versuchte, ihnen zu helfen und Antworten für ihre Fragen zu finden.

Und in all dieser Zeit wichen Lydia, die Taube und Leonardo nicht von seiner Seite; denn auch sie wollten ihrem Freund helfen, wollten ihm nahe sein. Sie wußten, daß Ramar sie bald verlassen würde, um in sein erstes Erdenleben einzutreten – und da dies nun einmal ein Auftrag war, den sie alle erfüllen mußten, was sie sehr wohl wußten, verringerte dies doch die Traurigkeit nicht, die sie fühlten.

Es gab so viele Fragen: Wann würde sein Erdenleben beginnen. Und wer würde ihn an den Ort geleiten, an den er gehörte? Aber niemand wußte das, am allerwenigsten Ramar. Er wußte nur, daß er müde war und sich ausruhen wollte, am liebsten ganz allein, irgendwo, weit weg von den anderen ... selbst von denen, die er liebte.

Der Ort, nach dem er sich am meisten sehnte, war die Wiese, wo er zum erstenmal an jenem warmen Frühlingstag in dem hohlen Baumstamm aufgewacht war – dort fühlte er sich zu Hause. Das schien so lange her zu sein. Und doch war alles so lebendig in Ramars Erinnerung, als wäre es erst gerade eben gewesen.

Er kannte jeden Stein, jedes Kleefeld, und er konnte das Gras und die warme braune Erde riechen, auf der es wuchs. Dorthin wollte er gehen, denn wenn es eine Lösung für das Rätsel dieser Flügel gab und eine Antwort auf die Frage, warum er sie trug, dann würde er sie dort finden.

Deshalb verließ er nun seine Freunde und kehrte zurück in die Heimat seiner Kindheit. »Ich bleibe nur einen Tag oder so«, sagte er ihnen, »nicht länger, das verspreche ich euch.«

Zu Hause fand er sogleich den hohlen Baumstamm, in dem er als kleiner Hase geschlafen hatte. Er erschien ihm jetzt winzig, aber er war noch gut erhalten und konnte jetzt einem ausgewachsenen Hasen als Kopfkissen dienen.

Ramar lehnte den Kopf gegen diesen geliebten Baumstamm und schlief ein. Er träumte von seiner Kindheit; seine riesigen Flügel hatte er um sich gelegt, sie bedeckten ihn wie ein Mantel und glänzten in der Nachmittagssonne. Es wurde Abend, und er schlief, und er schlief die Nacht hindurch und den ganzen Morgen.

Schließlich, am zweiten Nachmittag, erwachte er von einer absoluten Stille, die ihn umgab. Er wußte, auch ohne die Augen zu öffnen, daß sich nichts rührte, weder Eichhörnchen noch Backenhörnchen oder Spottdrossel. Selbst der Wind, den er liebte, regte sich nicht, und die Grillen hatten aufgehört zu geigen, als warteten sie darauf, daß sich etwas ereignen würde. Oder daß jemand käme.

Auch er wußte nicht, was geschehen würde, aber als er dann die Augen öffnete, sah er in der Ferne ein strahlend weißes Lamm – ein Lamm mit zwei roten

Füßen. Es kam den Hügel am anderen Ende der Wiese herab, und es bewegte sich mit einer Anmut, die Ramar noch an keinem anderen Tier bemerkt hatte.

Ramar sah auch, daß die Tiere der Wiese um das Lamm herumgingen und -kreuchten und -fleuchten, als wäre es ein Prinz oder ein Gelehrter, und dann und wann blieb es stehen und sprach zu einem von ihnen. Ramar konnte nicht verstehen, was gesagt wurde, aber er spürte die Verehrung, die ein jedes Tier für das Lamm empfand. Sie liebten es. Sie liebten es mehr als sich selbst, dachte Ramar, ja, mehr als das Leben.

Ramar beobachtete das Lamm, als es näher kam, und bewunderte seine Schönheit. Wie konnte es ein so wunderschönes Tier geben, fragte er sich. Er konnte sich nichts Reineres vorstellen, nichts, das mehr Weisheit, mehr Liebe ausstrahlen könnte. Dessen war er sich sicher. Und noch etwas wußte er mit absoluter Sicherheit: Was immer ihn auch erwartete, ob ein Erdenleben oder etwas anderes, das Lamm würde immer ein Teil davon sein.

Ihre Seelen waren miteinander verbunden – auf eine Art, die er nicht beschreiben konnte, für die er auch keinen Beweis hatte; aber er wußte, daß eine innere Verbindung bestand. Und das war alles, worauf es ankam.

»Guten Abend«, grüßte das Lamm, als es die Stelle erreichte, wo Ramar wartete. »Ich habe von dir und deinen Regenbogenschwingen gehört, und ich bin gekommen, um dich kennenzulernen.«

Seine Stimme klang warm und vertraut wie die eines alten Freundes, und doch hatte Ramar sie nie zuvor gehört. »Mein Name ist Ramar«, antwortete der Hase, und als er sprach, senkte er instinktiv den Kopf, als beugte er sich vor jemandem, der größer war als er.

Das Lamm wirkte verlegen. »Ich bin nicht größer als du«, sagte es, denn es spürte, was Ramar empfand. »Ich bin alles, was du bist – nicht mehr, nicht weniger, nur anders.«

»Aber wer bist du?« fragte Ramar. »Sind wir uns schon einmal begegnet?«

Das Lamm faltete die Vorderbeine und setzte sich ins Gras: »Man hat mir viele Namen gegeben«, sagte es, »aber keiner ist wirklich wichtig. Einige nennen mich jetzt den Hirten.«

Darüber mußte Ramar lachen: »Ein Schaf, das gleichzeitig der Schafhirte ist?«

»Ja«, sagte das Lamm. »Denn das Leben hat mich gelehrt, daß wir alle lernen müssen, für uns selbst zu sorgen, und für uns selbst sorgen bedeutet auch, daß wir für unseren Nächsten sorgen. Deshalb bin ich Schaf und Hirte zugleich.«

Ramar spürte die Weisheit des Gesagten bis tief in seine Knochen hinein. Er wußte, daß der Hirte nicht wie die anderen Tiere war. Es war keineswegs so, daß er anders aussah als die anderen – außer seinen Vorderfüßen, die blutrot waren, und seinen kristallklaren blauen Augen. Es war etwas anderes, etwas, was Ra-

mar fühlen, aber nicht beschreiben konnte, deshalb versuchte er es erst gar nicht.

Ramar hatte den Eindruck, daß der Hirte, wie Lydia, weder jung noch alt war, sondern über der Zeit stand – wie ein Kind, wenn er von Liebe redete; uralt, wenn er von Wahrheit sprach. Ramar fühlte sich in seiner Nähe geborgen. Er konnte nicht sagen, warum, aber er glaubte, wenn er sich an einem scharfen Zweig verletzen würde, brauchte der Hirte die schmerzende Stelle nur zu berühren, und der Schmerz würde vergehen. Es würde nicht mehr bluten. Und das war wahr.

Er glaubte auch, wenn er Seelenleid erführe und ihm das Herz schwer würde von Trauer und Enttäuschung, brauchte der Hirte die schmerzende Stelle nur zu berühren, und seine Seele würde sich erheben und vor Freude singen.

Auch das war wahr.

Und er glaubte auch, wenn der Hirte die Wiese verlassen wollte und über das Wasser des Teichs gehen wollte, würde er nicht im Wasser versinken, sondern darüber hinwegschreiten, so leicht, wie Ramar über die Wiese hoppelte.

Auch dies war wahr.

Es gab nichts, was Ramar vom Hirten erbitten konnte, das dieser nicht hätte gewähren können. Keine Frage, so schien es, die er nicht beantworten könnte. Und all diese Macht und Weisheit war mit einer Wärme erfüllt, die alles Begreifen überstieg – und diese Wärme entsprang aus der Liebe.

Einiges von dem, was Ramar bei dem Hirten spürte, war das, was andere Tiere an ihm spürten, seit er die Regenbogenschwingen besaß. Und so waren der Hirte und Ramar sich in ihrer Wärme, ihrer Liebe und ihrer Weisheit recht ähnlich. Einige hielten sie sogar für Auserwählte, Gesalbte, die miteinander zu Höherem verschmelzen würden.

Ramar fragte den Hirten nach dem Geheimnis seiner Regenbogenschwingen, und der Hirte antwortete, daß er die Antwort selbst finden würde, wenn er nur darüber nachdächte.

»Nur so viel will ich dir sagen«, meinte der Hirte, »jede Farbe deiner Schwingen stellt eine Wahrheit für dich und andere dar, die ihr wahrnehmen und behalten müßt.«

»Kannst du mir diese Wahrheiten nennen?« bat Ramar.

»Schau selbst hin«, lächelte der Hirte, und Ramar schaute seine Schwingen an, so gut er es konnte – er brachte sie so weit nach vorne, wie es nur ging.

Er betrachtete zuerst das Blau, und das schien ihm wie ein Fenster, das es ihm gestattete, über den Ort hinauszublicken, an dem er selbst sich befand, und über das hinaus, was er wußte. Es wurde ihm sofort klar, daß die Wahrheit nichts Festumrissenes ist wie eine Wand oder ein Stein oder ein Gesetz. Die Wahrheit ist ein Fenster, das unseren Geist für neue Vorstellungen und Entdeckungen öffnet, und vor allem vielleicht für Veränderungen und Entscheidungen.

»Die Wahrheit ist etwas, was ständig wächst«, sagte er dem Hirten, und der Hirte bestätigte das.

So betrachtete Ramar lange eine Farbe seiner Schwingen nach der anderen – die Rottöne, die verschiedenen grünen Schattierungen, die Violettnuancen, alle Farben – und während er dies tat, erinnerte er sich an das, was er von allen gelernt hatte, denen er begegnet war.

Mit dem Blau erinnerte er sich an Micah, die Schildkröte, und den Panzer, den Micah sich geschaffen hatte, weil er sein Leben nicht mit anderen geteilt hatte, weil er nicht mit anderen in Berührung gekommen war und sich ihnen verschlossen hatte. »Ist es eine der Wahrheiten, daß wir wachsen, indem wir uns selbst und unsere Vorstellungen anderen mitteilen?« fragte er, und der Hirte bejahte das.

»Sind alle Wahrheiten so einfach?« wollte Ramar weiter wissen.

»So einfach«, bestätigte der Hirte, »denn Wahrheit kann sich niemals ändern, sie kann nur wachsen. Wir können allein leben und nur an uns selbst denken, oder wir können unsere Gefühle mit anderen teilen. Und je mehr wir miteinander teilen und füreinander da sind, desto näher kommen wir Gottes Gnade.«

»Aber was ist Gnade?« fragte Ramar. Dieses Wort hatte er noch nie gehört.

Das Lamm, das zugleich ein Hirte war, erklärte ihm, Gnade sei das Bewußtsein der EINHEIT mit dem Allseienden. Es sei das, was unsere Seele fühle, wenn wir all unsere Erdenleben hinter uns gebracht hätten und alle Lektionen verständen, die jetzt in Ramars Regenbogenschwingen symbolisch dargestellt seien.

»Gibt es viele, die diese EINHEIT erfahren haben?« fragte Ramar.

»Nur wenige«, sagte der Hirte, »sehr wenige.«

Ramar fielen die Pinguine ein und was sie ihm gesagt hatten. »Die Pinguine glauben, daß Gott alle bestraft, die Seine Gebote nicht erfüllen«, sagte er. »Kann das denn angehen?« Das war etwas, was ihn manchmal immer noch beunruhigte.

»Nein, du kannst nicht von etwas bestraft werden, von dem du selbst ein Teil bist«, beruhigte ihn der Hirte. »Wir alle sind frei, unser Leben so zu gestalten, wie wir es möchten. Gäbe es Strafe, wären wir in unserer Wahlfreiheit eingeschränkt, und wenn wir nicht frei wären, könnten wir nicht lernen, zu wachsen oder Gottes Gnade zu erfahren.«

»Aber was ist denn mit den Sünden, die die Pinguine beschrieben haben?« fragte Ramar. »Können wir denn alles tun, was falsch ist, und werden nicht dafür bestraft?«

»Wer sollte dich denn bestrafen?« fragte der Hirte.

»Gott bestraft uns«, sagte Ramar unsicher, »jedenfalls haben sie das gesagt. Sie haben gesagt, daß die meisten Menschen daran glauben. Sollte ich denn nicht auf sie hören?«

»Kann deine rechte Hand deine linke bestrafen?« fragte der Hirte. »Wenn du dich an den Lichtfunken erinnerst, den du gesehen hast, dann weißt du, daß Gott nicht von dir getrennt, sondern Teil von dir ist. Das bedeutet, daß du dein Leben ohne Angst leben mußt, um die Verheißung des Lebens zu erfüllen, und daß du in allen Dingen deiner eigenen freien Entscheidung folgen mußt. Du darfst andere nicht verletzen oder ihnen deinen Willen aufzwingen. Wenn es Sünden gibt, dann sind es diese. Sonst gibt es keine.«

»Du meinst, es sei falsch, anderen zuzureden, das zu glauben, was ich selbst glaube, wenn ich doch weiß, daß mein Glaube richtig ist?« fragte Ramar.

»Es ist nur falsch, sie zu zwingen«, antwortete der Hirte, »oder ihren freien Willen einzuengen. Wenn du das tust, hinderst du sie daran zu wachsen und fügst dir selbst auch Schmerz zu – genauso, wie wenn du andere verletzt oder ihnen ihr Eigentum wegnimmst.«

Ramar dachte an das, was Lydia ihm gesagt hatte: »Gib Liebe, und sie kehrt um ein Vielfaches zu dir zurück. Füge anderen Schaden zu, und auch der kommt zurück, mehrfach verstärkt. So triffst du selbst deine Entscheidung für dein Schicksal durch das, was du denkst und fühlst und tust. Du und niemand sonst.«

Ramar hatte seiner Freundin vollkommen vertraut, aber als jetzt der Hirte dieselben Worte sagte, gingen sie ihm ins Herz ein und wurden Teil von ihm. Er verstand sie jetzt, wie er sie vorher nicht verstanden hatte; es war, als hätte er sie erlebt.

»Jede Farbe deiner Schwingen ist eine Farbe der

Wahrheit«, erinnerte ihn der Hirte, »und sie ist nun ein Teil deiner Seele, damit du anderen diese Wahrheiten nahebringen kannst, wenn du Mensch wirst.«

Ramar war sich gar nicht sicher, daß er genug Wissen hatte, um andere zu lehren, und er wußte nicht einmal, wie er das machen sollte. Er war kein Lehrender, kein Geistlicher, kein Verkünder großer Weisheiten. Er war ja noch nicht einmal ein Mensch.

»Es wird schwer sein«, sagte der Hirte, »aber glaube mir, es ist der kindliche Geist, der die Wahrheit sieht, und der aufgeschlossene Geist, der sie aufnimmt. Wenn du alles, was du gelernt hast, wirklich in dir trägst, werden die Worte, die du sprechen sollst, so mühelos kommen wie der Regen in einem fruchtbaren Land. Du mußt nur Vertrauen haben ... und zuhören.«

»Aber wer wird denn mir zuhören?« fragte Ramar.

»Es wird einige geben«, sagte der Hirte, »vielleicht nur einen oder zwei. Vergiß nicht: Wenn die Wahrheit einmal ausgesprochen wird, dann erreicht sie alle, die sie brauchen – und derer, die sie brauchen, sind viele.«

Damit beugte sich der Hirte zu Ramar herunter und küßte ihn sanft auf die Wange, als wolle er ihm seinen Segen geben. »Heißt das, daß wir Abschied nehmen müssen?« fragte Ramar, und der Hirte nickte. Ramar war von einer solchen Traurigkeit erfüllt, daß er meinte, das Herz würde ihm brechen und er müsse sterben, und Tränen traten ihm in die Augen, so daß alles um ihn her verschwamm.

»Bitte«, sagte er zum Hirten, »wenn ich als Mensch geboren werde, könntest du nicht mit mir kommen und mir helfen, das zu lehren, was ich selbst gelernt habe?«

»Ich kann nicht mit dir gehen«, antwortete der Hirte. »Ich kann dir nur sagen, daß ich einst, als ich auf der Erde weilte, wie du es tun wirst, von diesen Dingen sprach, die wir gelernt haben. Ich habe sie in Gleichnisse und Geschichten gekleidet. Dann, eines Tages, als meine Lehren die verärgerte, die einen anderen Glauben hatten, schlugen sie meine Hände an ein Holzkreuz. Dort starb ich.«

Ramars Blick glitt zu den blutroten Füßen des Hirten hinunter, und er wurde noch trauriger. Es war eine Traurigkeit, die ihn überwältigte.

Der Hirte sah Ramar in die Augen, und er war bewegt von den Tränen, die er sah: »Sei nicht traurig, mein kleiner Freund«, tröstete er ihn. »Es sind viele auf der Erde erschienen, wie ich es tat. Moses ... Mohammed ... Buddha ... der Shawnee-Prophet. Ich kann sie nicht alle beim Namen nennen. Ich kann dir nur versichern, daß die Wahrheit in vielen Gesichtern geschrieben steht und dir in vielen Blicken entgegenscheint – du mußt immer offen sein, sie aufzunehmen.«

»Erinnern sie sich noch an dich«, fragte Ramar, »oder haben dich alle vergessen?«

»Sie sprechen noch von uns allen«, antwortete der Hirte, »und es gibt noch einige, die uns anrufen und zu uns beten und die Kirchen in unserem Namen bauen, und wir werden zugleich verehrt und verleumdet.«

»Aber wie kann jemand, der verehrt wird, zugleich verleumdet werden?« fragte Ramar. »Ist Verehrung nicht auch Liebe?«

»Natürlich«, antwortete der Hirte, »aber ich werde für vieles verehrt, was ich nicht gesagt oder geglaubt habe, und vieles wird von mir erzählt, was sich nie zugetragen hat. Deshalb sind meine Worte und meine Lehren verloren und vergessen wie die Worte so vieler. Ich weiß, es ist an der Zeit, wieder zu ihnen zu sprechen.«

»Aber ich mag dich nicht verlassen«, sagte Ramar, und Schmerz klang in seiner Stimme, und in seinem Herzen war Traurigkeit.

»Sei nicht traurig«, sagte der Hirte, »denn alle, die leben, werden sterben, und alle, die sterben, werden wieder leben. Und alle, die Freunde sind, werden immer Freunde bleiben und sich niemals trennen. Die Liebe verbindet uns auf ewig.«

Ramar war ein bißchen getröstet, aber doch nicht ganz. »Wenn du schon nicht mit mir gehen kannst, kannst du mich dann vielleicht geleiten«, sagte er. »Das wäre alles, was ich brauche.«

»Ich werde dir beistehen«, versprach der Hirte. »Wenn du geboren wirst, wird ein Teil von mir in dir sein, und wenn du an mich denkst, wirst du mich im Innern spüren. Und wenn du meine Hilfe oder meinen Rat brauchst, werde ich dir ins Ohr flüstern, und deine Seele wird mich hören. Das verspreche ich dir.«

Damit war Ramar zufrieden, denn er wußte, welche Reisen er auch machen müßte und welchen Hindernissen er auch begegnen würde, er wäre nicht allein.

»Bald ist deine Zeit gekommen«, sagte der Hirte, und Ramar sagte, er sei bereit, aber er wolle seine Freunde noch einmal sehen und ihnen auf Wiedersehen sagen.

Da verließen sie den Teil der Wiese, auf dem Ramar zum erstenmal aufgewacht war, und gingen miteinander, Seite an Seite – ein Hase mit Regenbogenschwingen und ein Lamm mit blutroten Füßen – zu dem Ort, wo Ramars Freunde ihn erwarteten.

NEUN

Als Ramar und der Hirte durch die Hügellandschaft der Zwischenwelt gingen, folgten ihnen viele Tiere nach. Da waren Giraffen und Leuchtkäfer und Reptilien und Adler – alle Tiere, welche jemals geschaffen worden waren.

Die Starken halfen den Schwachen, und die Tiere, die sehen konnten, führten die blinden. Waren es anfangs nur wenige, so wurden es zunehmend mehr, bis eine ganze Schar beisammen war; und sie alle schwiegen andächtig still.

Kein Tier sprach, nicht eines sang.

Schließlich konnte Ramar vom Kamm eines in Sonnenlicht getauchten Hügels seine alten Freunde sehen, die auf ihn warteten. Lydia war da, gelassen und majestätisch wie immer, und die Taube flog in so exakten Runden um sie herum, daß es aussah, als zöge sie einen gigantischen Heiligenschein. Auch Leonardo war bei ihnen; seine weißen Flügel waren ausgebreitet wie die Segel eines Schiffes in einem grünen Meer.

Es war schön, sie zu sehen. Sie nahmen in Ramars Seele einen Platz ein, der leergeblieben war, seit er sie verlassen hatte. Er war ganz aufgeregt vor Freude und rief ihre Namen, als er zu ihnen lief: »Lydia! Taube!« Sie drehten sich zu ihm um, und in ihren Augen stand Liebe.

»Ich bin wieder da«, rief Ramar, und er rannte so geschwind, daß seine Regenbogenschwingen ihn sanft in die Luft hoben und er einen endlosen Flügelschlag lang über ihre Köpfe emporstieg, höher noch als die Taube und Leonardo. Dann ließ er sich vor Lydia ins Gras nieder.

»Wir haben dich sehr vermißt«, sagte Lydia. »Es ist schön, daß du wieder da bist.«

»Ja, und ich habe einen neuen Freund gefunden«, sagte Ramar, »ein Schaf, das zugleich ein Schafhirte ist.«

»Wir haben vom Hirten gehört«, sagte Lydia, »denn er ist in allen Welten aller Universen und durch alle Dimensionen von Raum und Zeit bekannt. Viele Male war er uns allen Prophet und Hirte.«

In diesem Augenblick tauchte das Lamm hinter Ramar auf, und die Taube, Lydia und Leonardo konnten ihn nur stumm anschauen und das Unfaßbare, Wunderbare spüren, das er war. Niemand sprach. Der Hirte nicht. Nicht Ramar. Keiner von ihnen. Zu gewaltig waren die Gefühle, als das man sie hätte in Worte kleiden können – zumindest im ersten Moment.

Schließlich vertraute Ramar Lydia seine Neuigkeit an: »Ich werde bald geboren«, sagte er, »und der Hirte hat gesagt, daß er mich geleiten und mir alle Tage meines Erdenlebens hindurch beistehen will.«

»Und was wirst du mit all diesen Lebenstagen anfangen?« fragte Lydia.

Ramar antwortete spontan: »Ich werde ein Lehrender, und ich werde das Geheimnis meiner Regenbogenschwingen mit allen teilen, die es möchten.«

»Und wie lauten deine Lehren?« fragte Leonardo, und er und die Taube und Lydia rückten dichter an ihn heran, um ihn besser hören zu können. Auch die anderen Tiere, die ihn die ganze Zeit über umstanden hatten, kamen näher.

Ramar konnte nicht gleich antworten; denn was er

gelernt hatte, war nur schwer in Worte zu fassen. Er hatte das Gefühl, daß seine Lehren nicht unbedingt mit Worten übermittelt oder in Büchern festgehalten werden konnten, sondern mit dem Gefühl erfaßt werden mußten. Wenn man sie erst in sich gespürt und in sein Herz aufgenommen hatte, dann würde man sie verstehen, und dieses Verstehen würde einen für immer verändern.

Lehrer unterrichten nicht so, glaubte Ramar mit Sicherheit zu wissen. Und Schüler hören auch nicht so zu.

Er wandte sich an Leonardo: »Ich werde allen, die mir zuhören, sagen, daß wir andere nicht lieben können, wenn wir nicht zuerst uns selbst lieben; und wir dürfen andere nicht richten, wenn wir nicht uns selbst auch richten. Noch können wir anderen Böses tun, ohne uns selbst Böses anzutun, oder für andere denken, ihre Entscheidungen treffen oder sie dazu zwingen, so zu denken und zu leben wie wir.«

»Aber wenn das, was du der Welt bringst, doch die Wahrheit ist?« fragte Leonardo. »Sollten denn dann die anderen dir nicht zuhören? Und wenn sie es nicht tun, solltest du sie dann nicht dazu zwingen?«

»Weisheit kann niemandem gegeben werden, der sie nicht will«, erwiderte Ramar. »Man kann sie nur empfangen. Und wer sie empfangen will, muß selbst entscheiden, ob er sie haben will. Es gibt keinen anderen Weg.«

Leonardo lächelte ihn voller Bewunderung an: »Du

bist sehr weise geworden, mein teurer Freund«, sagte er. »Ist es das, was dich der Hirte gelehrt hat?«

Ramar erwiderte sein Lächeln. »Ja«, antwortete er, »ich habe vom Hirten gelernt, so wie ich von dir und von allen Tieren gelernt habe, denen ich begegnet bin.«

»Was wirst du dann den Menschen sagen, wenn sie dich fragen, was Gott ist?« fragte Leonardo. »Haben wir dich das auch gelehrt?«

»Ich werde sagen, daß Gott das Allseiende ist und daß wir ein Teil von Ihm sind ... so, wie die Blätter einer Eiche Teil des Baumes sind, weder getrennt von ihm noch voneinander.«

Hier meldete sich Lydia zu Wort: »Das ist sehr schwer zu begreifen«, sagte sie, »und wenige werden es glauben. Vielleicht nicht eine einzige Seele in der ganzen Welt.« Aber Ramar glaubte daran. Er hatte das Schwein mit dem Lichtfunken an seinem Fuß gesehen, und er wußte, daß dieses Licht Gott war.

»Wir alle haben Licht in uns«, sagte er und schaute den Hirten an. »Ich weiß, daß das wahr ist.«

Und der Hirte bestätigte ihm diese Wahrheit. »Es ist nur ein winziger Funken«, sagte er und wandte sich der Menge zu, die sich inzwischen um sie geschart hatte, »aber er ist groß genug, wenn der Funken Gott ist.«

Er nickte der Taube zu, die sich auf Glaube reimte.

»Wir müssen uns selbst vertrauen«, fuhr er fort, »und uns bewußt machen, daß Gott in uns ist, in jedem von uns ... selbst im allergeringsten Tier und dem niedrigsten Menschen. Und selbst wenn wir den Lichtfunken nicht sehen können, müssen wir doch daran glauben, daß er da ist, so unbeirrbar und unerschütterlich, wie die Taube daran glaubt, daß sie eines Tages Zähne bekommt und eine Lachtaube wird.«

Die Taube wurde rot. Sie war es nicht gewöhnt, im Mittelpunkt zu stehen und daß man so viel von ihr hermachte – und ganz bestimmt nicht, wenn es jemand war, den sie so verehrte wie das Lamm, das zugleich ein Hirte war. Wenn sie für alle sichtbar hätte lächeln können, dann hätte sie jetzt gelächelt, aber das konnte sie natürlich nicht – noch nicht.

Ramar hatte jedem einzelnen Wort des Hirten gelauscht, und es war, als erklinge alles in ihm selbst, noch bevor das Lamm es aussprach. Er konnte das weder erklären noch verstehen. Er wußte nur, daß die Weisheit des Hirten in ihm selbst ebenso lebendig war und daß er sie eines Tages mit allen würde teilen können, die bereit waren zuzuhören.

Der Hirte erhob sich und stand nun neben Ramar: »Ich glaube, es ist Zeit zu gehen«, sagte er, »wenn du meinst, daß du bereit bist.«

»Ich bin bereit«, sagte Ramar, und er hatte noch nicht zu Ende gesprochen, als seine Schwingen zu leuchten begannen und jede einzelne Farbe darin hell aufschien und Wärme und Licht ausstrahlte.

Und mit einem Male wurde ihm die Bedeutung seiner Schwingen offenbar und warum er sie trug. Sein Blick glitt zum Hirten hin, der es ebenso wußte. »Die Wahrheit verleiht Schwingen der EINHEIT mit Gott«, sagte er, und er sagte es mit so viel Liebe, daß alle Zweifel verflogen.

Ramar war sich nun sicher, daß er alles gelernt hatte, was es zu lernen gab. Die einzige Frage war nun, wie er das alles behalten könnte, wenn er kein Hase mit Regenbogenflügeln mehr wäre. »Erinnern sich die Menschen an das, was sie in der Zwischenwelt gelernt haben?« fragte er, und der Hirte sagte, daß sie sich manchmal erinnerten.

»Du wirst dich nicht gleich an alles erinnern«, sagte er, »aber wenn du dann ein Mensch bist, kommt allmählich das Wissen zurück – jede Farbe, jede Lehre, jeder Grund des Seins.«

Damit war Ramar zufrieden. Er war bereit, geboren zu werden. Er würde die Lehren, so gut er es vermochte, in seinem Herzen bewahren, und er würde wissen, daß er nicht allein war.

Aber wie konnte er einfach Abschied nehmen, fragte er sich. Wie würde das Leben ohne Lydia und die Taube und Leonardo sein? Sie waren ihm so lieb geworden wie das Leben selbst. Er schaute sie nacheinander an und prägte sich ihre Gesichter ein, damit er sie niemals vergaß.

Auch Lydia fühlte sich traurig, denn sie liebte Ramar von ganzem Herzen. Er las das in ihrem Blick, als er sie noch einmal betrachtete, damit ihm nichts entging. Und die Taube, die ebenfalls fühlte, daß der Abschied nahe war, wandte sich ab, damit Ramar ihre Tränen nicht sehen konnte. Die Taube setzte volles Vertrauen in die Zukunft und das, was sie bereithielt. Aber heute fühlte sie nur Abschiedsschmerz. Bald würde Ramar nicht mehr bei ihnen sein.

Dann war da noch Leonardo, der überhaupt nichts sagte, denn er wußte, daß seine Stimme seine Gefühle verraten würde, wenn er versuchen sollte zu sprechen. Seine Weisheit war eines – aber seine Liebe war etwas ganz anderes; sie war zu tief, um einfach auf Wiedersehen zu sagen.

»Ist es so, wenn man stirbt?« fragte Ramar, und Lydia fand schließlich die Kraft zu antworten:

»Ein bißchen«, sagte sie. »Es ist immer traurig, wenn man die zurückläßt, die man liebt, auch wenn man weiß, daß es nicht für immer ist.«

»Nur das Leben ist ewig«, erinnerte ihn Leonardo, »der Tod währt nur einen Augenblick. Daran mußt du immer denken.«

Ramar wußte, daß das wahr war, aber er konnte es doch nicht fassen, und Tränen rollten ihm über die Wangen, eine nach der anderen, als er seine Freunde zum Abschied küßte. Die schöne Lydia. Die treue Taube. Den nachdenklichen Leonardo. »Wir sehen uns bald wieder«, sagte er, »schneller, als ihr glaubt.«

Wir anderen standen da und schwiegen. Ramar schaute ein letztes Mal liebevoll den Hirten an. Dann trugen ihn seine Regenbogenschwingen durch die

Wolken – weit, weit fort, bis wir ihn nicht mehr sehen konnten.

Und dann, als wir ihm immer noch nachschauten, erschien in der Dunkelheit ein Licht über uns. Es war zuerst ganz klein, und nur wenige von uns bemerkten es. Aber als es sich dann tiefer senkte und über uns schwebte und tanzte, wurde es heller und heller, bis wir alle wie eingetaucht waren in den Lichtschein. Auf jedem Gesicht erstrahlte sein Leuchten und in jeder Seele sein Glanz.

Es war der Schimmer der neuen Zähne der Taube.

SCHLUSSWORT DES VERFASSERS

Oft, wenn ich an Ramar denke, bin ich nicht ganz sicher, ob meine Erinnerung an ihn aus der Vergangenheit stammt oder aus der Zukunft. Diese »Zeitspiralen«, von denen ich schon am Anfang sprach, waren mir immer ein Rätsel. Deshalb wäre ich gar nicht überrascht, wenn ich selbst mich manchmal in Spiralen bewegen würde und es nicht einmal wüßte.

Meine Erinnerung an Ramar ist noch lebendig, und in Gedanken sehe ich ihn noch durch die Wolken fliegen – seine gewaltigen, kristallklaren Schwingen hell glänzend in allen Regenbogenfarben.

So ein Bild vergißt man nicht. Niemals.

Fast jeden Tag denke ich an Ramar, weil irgend etwas mich an ihn erinnert. Noch habe ich ihn nicht erkannt, aber ich bin dennoch sicher, er ist hier, lebt hier mitten unter uns.

Ich höre ihn in meinem Herzen,
so wie Ramar in seinem Innern
immer noch den Hirten hört.

Aber selbst wenn seine Stimme verstummt wäre, weiß ich, was Lydia, die Taube und Leonardo sagen würden, wenn ich jemals Zweifel hätte an dem, was ich von Ramar lernte. Deshalb kann ich meinen Glauben nie verlieren.

Ich kann nur schreiben, was in mir lebendig ist; das habe ich getan.

Glaube mir, lieber Leser,
von Zeit zu Zeit gelingt es mir,
den Blick zu jener Zwischenwelt zu wenden,
und ich sehe dann alle Geschöpfe,
die ich damals liebte.
Das geschieht meist völlig unerwartet –
in einem Wort, einem Lied, einem Lächeln
oder durch einen Gedankenblitz,
der kommt, wenn ich bereit bin.

Und dann sind da die Träume,
die mich geleiten –
und ich weiß, wohin mich
meine Entscheidungen auch führen,
da ist immer in mir
der Funken Licht,
der niemals vergeht.

Es ist ein Licht,
das in uns allen
lebt und leuchtet,
Mensch und Tier,
und das niemand auslöscht
oder von uns nimmt.
Nicht das Leben.
Nicht der Tod.
Nicht einmal wir selbst.

Das ist es, was Ramar mich lehrte,
und ich weiß, es ist wahr.